Sonya
ソーニャ文庫

十年愛

御堂志生

イースト・プレス

contents

プロローグ

　マリガン王国中部、オークウッド州。

　丘の上には立派な領主館《マナーハウス》が建っていた。そこは、この辺り一帯の領主、シンフィールド子爵家が何代にも亘《わた》って住んでいる。

　領主館の裏手から、なだらかな坂道を下って行くと、のどかな田園風景を抜けた先に小さな森があった。

　シンフィールド子爵のひとり娘、グレース・オリヴィア・シンフィールドは、辺りを窺《うかが》いながら、こっそりと領主館の裏門を抜け出した。

　爽《さわ》やかな風が坂道を吹き抜け、グレースは若草色のデイドレスを翻《ひるがえ》しながら、軽やかに駆け下りて行く。

　左腕には籐《とう》で編まれたバスケットを抱え、右手でほんの少しだけドレスのスカート部分を持ち上げる。裾からほっそりとした足首が見え……その足には、子爵令嬢には不似合いな、使い込まれた革靴《ブーツ》が履《は》かれていた。

傾きかけた秋の陽射しを受け、亜麻《あま》色の長い髪がキラキラと輝いている。

彼女は誰にも見られないよう、森の入り口に造られた子爵家の厩舎《スティブル》へと駆け込んで行った。

「アーサー、スコーンを焼いてきたわ！」

元気よく叫んで、グレースは最愛の男性の名前を呼ぶ。

十五歳の彼女に恋は早過ぎる、と乳母《ナニー》のローラは言う。

だが両親からは、社交界デビューも考えて、そろそろ婚約者を決めてもいい時期だろう、と言われた。

(恋には早いけど、結婚相手は決める時期、なんて……意味がわからないわ。それに、社交界デビューもしたくない)

オークウッド州から、丸一日馬車で走れば首都シェリンガム市に到着する。首都には子爵家のタウンハウスもあったが、グレースは一度も連れて行ってもらったことがない。

以前は首都に出て、華やかな社交界へのデビューに憧《あこが》れを抱いたこともあったが……。

彼女の夢や憧れが、ガラッと変わったのは——今年の春のこと。

四月初旬、グレースは十五歳の誕生日を迎え、父から馬を贈られた。貴族の娘として当たり前の乗馬を学ぶためだ。

その練習を始めた直後、おっかなびっくりで乗っていたところに大きな音がして、驚いた馬が勝手に駆け出してしまったのだ。

乗馬の教師もいたが、とっさのことに右往左往するばかりで……。

そのとき――放牧中の裸馬に飛び乗り、暴走するグレースの馬に追いついたあと、飛び移って助けてくれたのが、アーサー・ノエルだった。

叫び声を上げながら『落ちる』と泣きじゃくるだけのグレースに、

『大丈夫だ！　絶対に落ちない。俺が守ってやるから、掴まってろ！』

そう言って、あっという間に馬をおとなしくさせてくれたのだった。

このとき、グレースは生まれて初めての恋に落ちた。

このオークウッド州からどこにも行きたくない。アーサーの傍にいて、ずっと守っていてほしい。そのことで頭がいっぱいになった。

だが、どれほど恋に浮かれたグレースでも、その思いが叶うことは難しい……というより無理だと知っていた。

なぜなら彼は、貴族や上流階級《ジェントリ》には属さず、中流階級《ブルジョワジー》ですらない。子爵家で働く使用人の中でも、下級使用人《ロワー・サーヴァント》、厩舎で働く馬丁《グルーム》だった。

(だからこそ、こんな機会を無駄にはできない。少しでも一緒にいたいんだもの)

グレースは強い決意で、アーサーが出てくるのを待った。

だが、どれほど待っても、彼は一向に姿を見せず、厩舎の中からは返事もない。

いっそ自分から入って行こうかと思ったが……。一度、アーサーをビックリさせようと黙って入り込み、そのとき、馬房から顔を出した馬に髪を齧《かじ》られたのだ。

アーサーからは『君の髪が美味《おい》しそうな藁《わら》に見えたんだ』そんなふうに言われて、盛大に笑われた。

藁の代わりに食べられるのだけはもう嫌だ。

グレースは戸口の近くに立ったまま、もう一度、彼の名前を呼ぶ。

「ねえ、アーサー、厩舎の中にいないの？」

「――いる。ったく、お転婆グレースめ。まーた、子爵様の目を盗《ぬす》んで、こんなところまで来たんだな」

藁用の大きなフォークを手に、アーサーは姿を見せた。

夜の闇に溶けてしまいそうな、漆黒の髪と黒曜石《こくようせき》の瞳。グレースより一つ年上の十六歳だが、とてもそうは思えないほど大人びた容姿をしている。整った顔立ちの中でも、鋭い目元が際立っていた。

彼はきっと、この国の生まれではないと思う。

だが、そんなことはどうでもいい。こうして、アーサーの顔を見られるだけで、グレースの胸は甘い喜びでいっぱいになるのだから。

「そんな……お父様の目を盗んだりしてないわ。だって……」

「知ってる。子爵様はお留守だろう？　隣のガーネット州の領主館まで、俺の親父が乗せて行ったんだからな」

アーサーの父、パトリック・ノエルは子爵家の御者《コーチマン》だ。彼は馬車の整備から馬の管理まで、すべてを任されていた。

子爵が馬車で外出するときは、当然、パトリックが御者として付き従う。

そして今夜のように泊まりになるときは、残った馬の世話や厩舎の掃除は、全部、アーサーの仕事だった。

大変そうではあったが、その反面、ふたりだけで会える時間ができるのだから、グレースは嬉しくてならない。

「生焼けスコーンは勘弁《かんべん》してくれよ。あれを食べた次の日は、腹の調子が悪かったんだ。あと、炭化したヤツもごめんだな」

「そっ、そんなこと……今日は焦《こ》げてないし、生焼けでもないわ。ちゃんと美味しく焼けたんだからっ！　だって、ローラに手伝って……あ」

よけいなことまで言ってしまった。

こんなだから、何度も何度も厩舎や放牧場まで通って、こうしてふたりだけで会ってもらえるようになっても、アーサーはキスすらしてくれないのだ。

　自分の頼りなさに落ち込んでいると、アーサーから声をかけてくれた。

「ほら、俺は手が汚れてて……それに、まだ仕事中だから、グレースが食べさせてくれるだろう？」

　そう言うなり、あーん、と口を開けた。

　グレースは慌てて彼に駆け寄った。バスケットからスコーンをひとつ取り出し、ひと口大に割って……アーサーの口に放り込む。

「美味しい……でしょう？」

「ああ、グレースが作ってくれるものなら、なんでもウマい。毒が入ってても食うよ」

「毒なんて、入れませんっ！」

　グレースがむきになって答えると、アーサーは笑い始めた。

　そのまま、ふたりは顔を寄せて笑い合う。

　そしてほんの数秒、運命に引き寄せられるように唇を重ね——それが、すべての始まりとなった。

第一章　花嫁になる資格

『グレース……愛してる』

闇の中、大好きなアーサーの声が鼓膜《こまく》を震わせた。

その瞬間、グレースは『ああ、また夢の中にいるんだわ』そんな、切ない思いが胸に広がっていく。

もう何度、同じ夢を見ただろう。

おそらくは三千回以上、グレースの耳元でアーサーは『愛してる』とささやき続けている。

彼の声を耳にすると、瞬く間にグレースの意識は長い月日を遡《さかのぼ》ってしまう。

厩舎の中、真新しい藁を集めたその上に寝転がり、初めて結ばれたあの夜に――。

抱きしめられて、藁の上に転がる。初めての感覚に背中がチクチクして、グレースは身を振った。

『こんなところで、悪い。寝心地……最悪だよな』

アーサーはそう言って、リネンのシャツを脱ぎ、急いで彼女の下に敷いてくれた。

場所なんてどこでもよかった。彼に抱きしめられ、一夜をともに過ごせるのなら、森の中でも、星空の下でもかまわない、と。

グレースは心の底からそう思っていた。

彼女に触れるアーサーの指は、とても優しかった。暴れ馬に飛び移り、手綱《たづな》を引き絞《しぼ》る力強さや、薪《まき》を割ったり、桶《おけ》いっぱいの水を担《かつ》いで坂道を往復したりする彼からは、想像もできないもので……。

(愛し合うって、なんて素敵なことなのかしら……そんなふうに思えて、あのときは幸せだった)

だが、すぐに布地越しに触れるだけでは済まなくなり、ふいにデイドレスの胸元を押し下げられたのだ。

暗がりの中とはいえ、膨《ふく》らみかけた胸をアーサーに見られ、グレースは悲鳴を上げそうになった。

そこをキスで塞《ふさ》がれ、ほんの少し涙を零したことまで、鮮明に覚えている。

『そんなに、嫌か？　正式な結婚を前に、こんなことすべきじゃないってわかっている。

でも……君を失わないように、ちゃんと結ばれておきたいんだ。身分のことは……ハッキリとは言えないけど、ちゃんと考えているから』

たった一歳差なのに、アーサーはいつも彼女のことをからかってばかりだ。

たしかに、グレースに比べると彼はいろんなことを知っていて、大人同様の仕事もしていた。そんなところが彼の魅力だったが、それは同時に、グレースがいつまでも無知で幼い子供と言われているようで、落ち込むことも多々あった。

でも、あのときは……。あの夜だけは、まるで熱に浮かされたように、アーサーはグレースのことを求めてくれた。

『わたし、アーサーのことを信じているわ。だから今夜、わたしをあなたの妻にしてください。教会じゃなくて、司祭様もおられないけど、でも……あなたと永遠に結ばれたいから……』

ずっと触れたかった彼の髪に、あのとき初めて触れた。

グレースのさらさらでフワフワの淡い金色の髪に比べると、一本一本がすごくしっかりしていた。ごわごわした感じが、とても男性的で……思い出すだけで今でもドキドキしてしまう。

大きな手が彼女の慎《つつ》ましい胸に触れ、優しく揉《も》み続けた。しだいに、グレースの息が荒くなり、触られている部分がゾクゾクしてきて……。

でも、先端の頂《いただき》を舐められた瞬間、彼女はビックリして声を上げそうになったのだ。

そのときだった。

『グレース……愛してる』

初めてアーサーから『愛してる』と言ってもらえた。

それまではずっと、グレースだけが『アーサーが好き』と言い続けてきたのである。

会いに行くのも、声をかけるのも、すべてグレースのほう。身分のことがあるので、仕方がないと諦めていたが……。

本当は違うのかもしれない。会ってくれるのも、誰もいないところでは恋人として接してくれるのも、子爵令嬢に言われて仕方なくだったとしたら?

そんなふうに思い始めていたところに、愛を告げられたのだ。グレースが飛び上がるほど喜んでも無理はない。

『わたし……わたしも、愛してる。アーサーのこと、ずっと愛し続けるわ』

口づけを交わしながら、彼の手がドレスの中に入り込んでくるのを感じた。

あの日はドロワーズを穿《は》いていなかったため、ドレスの内側は無防備なままで……。すぐに、秘めやかな部分をアーサーに許してしまう。

グレースは恥《は》ずかしさのあまり、全身が熱くなった。

脚を閉じたくても、閉じさせてもらえず、中心を弄《いじ》られているうちに、しだいに心地よくなっていく。

開かされた脚の間に、彼の躰《からだ》が入ってきて……グレースの上に覆いかぶさってくる。

だが、ささやかな快楽を得ていたのはそこまでだった。

突如、猛《たけ》った雄身は花びらを散らすように、襲いかかってきたのだ。無垢な蜜道を強引に割り込み、処女肉を引き裂いていく。

想像を超えた苦痛に、グレースは呻《うめ》き声を上げた。

『ごめん、グレース。……何もかも初めてで、止められない。つらかったら、俺の肌に噛《か》みついてくれ。思いきり爪を立ててくれてもいい。だから……本当にごめん』

切羽詰まった声で、アーサーは何度も謝ってくれた。

躰をふたつに裂かれるような痛みに耐えられたのは、彼のグレースを思いやる言葉があったからだ。

愛し合うこと、彼の妻となることが、あれほどまでの苦痛を伴《ともな》うものだとは……。

それは彼女の未熟な知識をはるかに超えていた。

(あの瞬間に知ったのだわ。愛し合う行為は、心から愛する人とでなければ耐えられないことを……。だから、万にひとつ、お父様からアーサー以外の男性を受け入れろと言われたら、死を選ぼう、と)

力いっぱい押さえ込まれて開かされた脚は、付け根の部分が痛くて堪らなかった。その上、躰の中がアーサーの熱でいっぱいになり、ジンジンと疼《うず》き続ける。言われるまま、彼の背中に爪を立て……それでも、グレースの心は結ばれた喜びでいっぱいだった。

やがて、彼が短い声を上げて、グレースの胎内《たいない》に白濁の飛沫をまき散らし……。

アーサーはその一夜に三度も吐精を繰り返して、彼女はそのすべてを受け止めたのだった。

『近いうちに、必ずハッキリさせる。でも、万が一、ダメだったときは……すべてを捨てて、俺と駆け落ちしてくれるか？』

藁の上でグレースをしっかりと抱きしめ、どんなことがあっても彼女を妻にすると、アーサーは約束してくれた。

『ええ、ええ、もちろんよ。嬉しい……わたしはアーサーについて行く。どこまでも、一緒に行くわ！』

あれは、十六歳の少年と十五歳の少女が交わした、真摯《しんし》な愛の誓いだった。

自制心を欠き、世間も知らなくて、幼くはあったけれど……。ふたりの愛は今日から始まるのだと、あのときのグレースは信じて疑わなかった。

だが翌日——アーサーは彼の父パトリックとともに、シンフィールド子爵家の領地からいなくなったのだ。

『お可哀想に……お嬢様は騙《だま》されたのですよ。さっさといなくなってくれて、よかったではありませんか』

乳母のローラはそう言ってグレースを慰《なぐさ》めようとした。

だが、そんなはずがない。アーサーが彼女を騙して、捨てて行くはずがないのだ。誰になんと言われても、それだけは考えなかった。

『違うわ！　アーサーはわたしのことを愛してるって言ったの。わたしを置いてどこにも行かない！　絶対に、絶対に……』


「……戻ってきて、わたし……を迎えに、アーサー……アーサー!!」

自分の声にビクッとしてグレースは目を覚ました。

こめかみに流れる涙の感触に、彼女は身体を起こしてそっと拭《ぬぐ》う。

(いやだ、わたしったら……また、あのときの夢を)

心から愛する人に出会い、すべてを捧げた翌日、彼はいなくなってしまった。

あの日から、早十年――。

十五歳の無邪気な少女は、二十五歳の大人の女になり、今はオークウッド州を離れ、首都シェリンガム市で暮らしている。

この十年、グレースの身には様々なことが起きた。

アーサーとは言葉を交わすことすら禁止していた父、ハミルトン・マーク・シンフィールド子爵は七年前、馬車の事故で亡くなった。

あの日、アーサーとともにいなくなった彼の父、パトリックの代わりに雇った若い御者が原因だった。手綱の操作を誤り、馬車ごと崖から転落してしまったのだ。

父はグレースの夫探しに奔走していたが、結局、決まらないまま亡くなった。彼の子供はグレースと当時三歳にもならない次女、ホリー・キャロルのふたりのみ。

シンフィールド子爵家は叙爵《じょしゃく》の際、後継者は男子に限定されていたため、娘では後を継げない。

『グレース、どうして婚約者くらい決めておかなかったの？　そうすれば、すぐにも結婚して後を継いでいただけたのに……。このままだと、わたくしたちは領主館を出て行かなくてはならないわ』

母、ノーリーンからはそんなふうに叱《しか》られた。

だが、いないものはどうしようもない。

母は父が亡くなっても悲しむ素振りも見せず、不安がるホリーの面倒すらみてくれようとしなかった。口にするのは、自分の生活のことばかりだ。

だが、そんな母を責める気にはなれず……。

なぜなら、父が事故に遭ったとき、同じ馬車には領主館近くの村に住む牧師の妻が乗っていたからだ。

それも、ふたりは〝道ならぬ恋〟に夢中だったというわけではなかった。

最悪なことに、父は領主の力を振りかざして、立場の弱い牧師の妻に関係を強要していたのだ。それまでも立場の弱い女性に同じことを繰り返していたらしい。父が亡くなったことで、領民の不満が一気に噴き出し、醜聞《しゅうぶん》の数々が当時十八歳のグレースの耳にまで入ってきてしまう。

グレースはジッとしていられず、知らん顔を続ける母を差し置いて、牧師の妻の葬儀に出席した。

同じ馬車に乗り、ふたりがどこに行こうとしていたのか……醜聞は事実だったのか。ふたりとも亡くなってしまったあとでは、確かめることもできない。

だが、牧師の妻が子爵家の馬車で事故に遭ったのは事実。牧師夫婦には幼いふたりの子供もいる。

子爵家の人間として、グレースはできる限りの償いをしたい、と申し出た。

ところが——。

『これは不幸な事故だったのです。償いは必要といたしません。私はこれから、子供たちを連れてオークウッドを離れます。子爵夫人とふたりのお嬢様に、神のご加護がありますように』

牧師は妻を巻き込んだ父を責めることもせず、グレースにひと言の不満も零さず、逆に彼女たちの未来を祈ってくれた。

その後、新シンフィールド子爵となったのは父の従弟にあたるダリル・シンフィールドだった。

妻に先立たれた彼には、当時十四歳の長男ブライアンと十一歳の長女キャサリンがいた。その子供たちを伴い、父が亡くなったひと月後には領主館に移ってきたのだ。

一方、グレースの母は裕福な商家の娘で、多額の持参金《ダウリー》と引き換えに子爵夫人の称号を得た女性だった。

当然、厳格な婚姻財産継承設定《マリッジ・セツルメント》が交わされており、子爵家が母からその称号を取り上げるためには、母が嫁いできたときと同額の持参金を返さなくてはならないという。

ところが、ダリルにはそれだけのお金が用意できなかった。

そのため母には、新子爵夫人となる提案がなされたのである。どうしてもダリルの妻となるのが嫌だ、となれば、持参金を返してもらえないまま、諦めて出て行くよりほかない。

母はわずかな寡婦給与《ジョインチャー》をもらいながら、実家で肩身の狭い思いをするよりは、と言い、ダリルと再婚。新子爵夫人となった。

グレースがオークウッド州の領主館を出たのは、その直後のこと。

（どこにも行きたくない。ずっとオークウッドにいる。ここで、アーサーの帰りを待つ。そう言って泣いていたのが昨日のことのよう。彼がいなくなってからたった三年で、わたしもオークウッドを離れたのだから……。それも、あんなに嫌がっていた首都、シェリンガムに出てくるなんて）

昔のことを考えながら床に足を下ろしたとき、古いベッドがギシッと軋《きし》んだ。

この部屋の中には流行の衣裳《いしょう》や最新の調度品はない。だが、古くても良い品が揃《そろ》っている。領主館で暮らしていたときに比べると、部屋の広さは三分の一程度しかないが、それを不自由だと思ったことは一度もなかった。

この屋敷はグレースの母方の伯母、エミー・ハンクスの持ち物だ。

エミーの亡き夫、ベンジャミン・ハンクスは、ここシェリンガム市の治安判事を務めていた。

上流階級の彼は、無報酬の名誉職である治安判事を六年も務めた人物だ。公平で公正、正義の人と呼ばれたが、逆恨みにより襲撃されて十二年前に亡くなった。

以降、エミーは夫の残してくれた屋敷に住み、彼の資産で穏やかに暮らしている。

派手好きで社交界デビューに憧れ、貴族に嫁いだ妹のノーリーンに比べると、姉のエミーは堅実な性格だった。

グレースの亜麻色の髪と紫水晶《アメジスト》の瞳は母譲りだ。とても繊細で儚《はかな》げに見られることが多く、妖精のようだとアーサーは賛美してくれた。

『見た目は花の妖精だけど、中身は悪戯《いたずら》好きのパックかもな』

そう言われたときは、すぐにからかう彼にムッとしたことを思い出す。

(今なら少し、わかる気がするわ。彼だって、きっと慣れていなかったはずだもの。照れながらも、精いっぱい褒めてくれたのよね)

彼の照れた横顔を思い出し、グレースはフフッと笑う。

ノーリーンに比べて、エミーは濃い栗色の髪をしている。だが、瞳の色は濃い紫色だ。紫色の瞳は珍しいため、ハンクス夫妻に子供がいなかったことを知らない人は、グレースの顔を見ると彼らの実子と思い込んでしまう。

『私はあなたのことを本当の娘のように思っているから、とっても嬉しいわ。でもね、いくら適齢期を過ぎてしまったといっても、未婚なのだから、もう少し華やかにしてもいいんじゃないかしら？』

エミーを頼ったのはグレースのほうだった。

詳しい事情は告げず、領主館から出たいと相談したとき、シェリンガム市のハンクス邸に住めばいい、と言ってくれたのだ。

しばらくの間、お世話になるつもりが……エミーの親切に甘えて、七年も過ごしてしまった。

だが五年ほど前からグレースは、ハンクス邸の隣に建つバルバーニー伯爵家で、幼い娘たちの家庭教師《ガヴァネス》として働き始めている。

そのころから髪をひっつめにして結い上げ、地味な色合いのドレスばかり着るようになった。誰もグレースを子爵令嬢とは思わず、それどころか――ハンクス邸のグレースは若く見えるが三十歳は過ぎていて、実は未亡人――といった噂まで出ていた。

エミーはそのことも不満らしい。

『ノーリーンは、あなたが恥知らずなことをして、オークウッドでは暮らせなくなったから……なんて言っていたけれど、私にはとても信じられないの。本当は新しい父親、新子爵様に邪険にされたのではないの？』

彼女の指摘は、あたらずといえども遠からず、だ。

新子爵は、自分が子爵家の血を引きながら、お金や仕事に苦労したため、息子を後継者にしたいと強く願っている。

グレースがもし、由緒正しい貴族の夫を得て、次の子爵位を求めてきたら……。

そこに王族の口利きでもあろうものなら、彼の息子に爵位が譲られることはなくなってしまうだろう。

『そうではないの。でも、幼いホリーならともかく、嫁《い》き遅れの娘なんて……お互いに気詰まりでしょう？　お母様はその辺りを心配してくださったのだと思うわ』

エミーにはそう説明した。

納得してくれたかどうかは、よくわからない。

本当なら、正直に話してしまいたい。エミーだけでなく、新子爵のダリルや他の人たちにも。

（わたしは十年前、愛する人の妻になりました。ですから、他の方と結婚するつもりはありません。彼が迎えに来てくれるのを、いつまでも待っています。……なんて言っても、きっと信じてはくれないわね）

亡くなった父は、グレースが何を言っても聞き入れてはくれなかった。

そのころのグレースは今と違い、ギリギリまで神経が張り詰めていた。父や母から何か言われるたび、泣き伏していたように思う。

グレースは立ち上がって絹のショールを手に取り、肩に羽織《はお》った。

そのままバルコニーまで近づいていき、窓に手をかけゆっくりと開いていく。彼女は室内履きのまま、二階のバルコニーに出た。

広大とは言えないが、綺麗に手入れされたハンクス邸の裏庭が見える。

その向こうには、バルバーニー伯爵家の大きなタウンハウスが見えたが……さすがに真夜中なので、灯りのひとつも点いてはいない。

初夏の夜風がグレースの髪を優しく撫《な》でる。

それはまるで、アーサーの掌《てのひら》に撫でられたようで……。

「会いたい。あなたに伝えたいことが……伝えなくてはならないことがあるの。アーサー、どこにいるの？」

祈るようにささやき、グレースはそっと目を閉じた。

☆　☆　☆

深夜に目を覚まし、アーサーへの愛情は十年経っても消せないことを思い知った翌日のことだった。

まさか、突然こんな話が舞い込んでこようとは……。

「ああ、グレース！　まるで夢のようだわ。落ちついて聞いてちょうだい。ぜひ、あなたを妻にしたいという方が現れたの。それも、女王陛下のお声がかりなのですよ！」

エミーからは常々、通いの家庭教師など辞めて、社交界デビューするべきだ、と言われてきた。

彼女の夫、ベンジャミンは有能な治安判事で、そのため、生前からナタリー女王の覚えもめでたかった。彼が亡くなったとき、エミーは王宮に招かれ、女王から特別に慰めの言葉を賜《たまわ》ったくらいだ。

それ以降、貴族ではないエミーを、女王はごく私的なお茶会に呼ぶようになった。

今日もそのお茶会に招かれただけだ、と思っていたのに……。

まさか、グレースの縁談が持ち上がるなど、考えてもいなかった。

何より、外出着のまま応接間《ドローイングルーム》のソファに腰を下ろし、いきなり話し始めたエミーにも驚きだ。

グレースはそんな彼女を宥めるように言った。

「落ちつくのは、伯母様のほうですよ。女王陛下のお声がかりだなんて……そんなこと、何かの間違いに決まっています」

貴族の娘とはいえ、グレースは〝レディ〟の称号さえつけてもらえない子爵令嬢だ。

それ以上に、社交界デビューすらしていない彼女を、妻にしたいと望む人間が女王の近くにいるはずもない。

「まあ、何を言うの？　王宮で女王陛下にお目通りして、直接、お言葉があったのですよ。間違いなどではありません！」

エミーは力強く言う。

それが事実なら大変なことだ。しだいにグレースの顔は青褪《あおざ》めていく。

これまでもエミーが縁談を持ってくることはあった。だが、会わなくて済むものは会わず、顔を合わせても愛想笑いすらしなければ、それ以上話が進むことはなかったのだ。

相手がもし、貴族の若い娘なら誰でもいい、というような俗物《ぞくぶつ》なら、とても追い払えなかっただろう。

だがエミーは、グレースの相手にふさわしい男性を選ぼうと必死だった。身分や年頃でバランスの取れた男性。そして何より、誠実にグレースを望む男性だ。

エミー自身、親の勧《すす》める貴族の男性ではなく、称号はなくとも誠実なベンジャミンと結婚した。だからこそ、子供には恵まれなかったが十五年間も幸福な結婚生活を送れたのだ、と話す。

「でも、伯母様。わたしは一度も夜会に出たことがなく、社交界の方々とのお付き合いもありません。そんなわたしを、女王陛下の周りにおられる方が、いつ見初《みそ》められたというのでしょう？」

妙な話だが、自分が見初められるはずがない、という自信があった。

「あなたと会って、容姿を見初めたということではありませんよ。いえ、もちろん、あなたが着飾って夜会に出てくれるなら、見初められても、まったく不思議ではありませんけどね」

以前、エミーが貴族夫人のお茶会に招かれたとき、グレースの話題が出たという。

ハンクス夫妻に出戻りの娘さんがいるとは知らなかった——そんな、グレースが未亡人という噂を引っ張り出し、エミーを嘲笑《ちょうしょう》するものだった。

貶《おとし》めたいのはグレースではなく、女王から特別扱いをされているエミーへのやっかみなのはあきらかだ。エミー自身、自分のことなら何を言われても気にしないが、娘同然に思うグレースのことは看過できなかったという。

それに、妙な噂を払拭《ふっしょく》するよい機会と思い、ここぞとばかりにグレースの身分や置かれている立場を話した。

子爵家ながら、オークウッド州に広大な領地を持つシンフィールド家の娘であること。結婚相手を決める直前、父の子爵が不幸な事故で亡くなり、適齢期を過ぎてしまったこと。継父《ままちち》から蔑ろにされ、領地を追い出されてしまったこと、等々。

「嘘はついておりませんよ。伯母の私が充分な支度《したく》をするので、社交界デビューなさいと言っても……継父である新子爵様の後ろ盾を得られないから、と断ったのはあなたではありませんか？」

「それは……はい。わたしの我がままで、伯母様にまで恥を掻かせてしまい……本当に申し訳ないと思っております」

グレースにはグレースの事情があって働いている。

だがマリガン王国において、貴族をはじめとする上流階級の人々はお金を得るためには働かない。それは身分が低い者のすることで、彼らは名誉職に就き、領地からの収入のみで暮らす。

そんな中、隣家の家庭教師をして多少なりとも収入を得ているグレースは、白眼視《はくがんし》されても仕方がなかった。

しゅんとして下を向くと、エミーが突然、グレースの両腕を摑んで揺さぶったのだ。

「そうではありません！　私はあなたに謝ってほしいわけではないの。亡くなった夫も、身分の高い方々の顔色など見ることなく働いておられました。だからこそ、女王陛下はともかく、他の皆さんは夫を疎ましく思っておられたでしょうね」

そんな事情もあり、エミーに恥を掻かせる話題を探していたところに、グレースの噂を耳にしたのだろう、と言う。

「どのような思惑があったのかは……ただ、あなたのことが王宮でも話題になったそうです。――今、カークランド王国の新国王陛下が我が国にお越しになっているのだけれど……。カークランド王国のことはご存じ？」

社交界のことには興味のないグレースだが、その程度のことなら耳にしている。

カークランド王国とは、今から二十三年前、強大な力を持った軍部がクーデターを起こした国だ。軍部は当時の国王夫妻を拘束し、後に処刑した。国王には四人の王子がいたが、次々に捕らえられ、殺されてしまったという。

だが、クーデターから十三年――クーデター政府の追跡から逃げきった第四王子が旗印となり、カークランド王国内で内戦が勃発。

内戦は七年近くも続き――今から約三年前、第四王子を中心とした王統軍がクーデター政府を完全に鎮圧した。

周辺諸国の協力も得て、この春、第四王子ウィリアムが新国王として正式に即位したのである。

「ええ、そのカークランド王国です。そちらの新国王様も話を聞いておられて……すると、侍従武官の方があなたに興味を持たれたそうなのです」

侍従武官はグレースより二歳も若い二十三歳。代々王家の侍従を務める家柄で、内戦での活躍により、騎士爵《ナイト》の称号を得た人物だ。

ウィリアム国王の信頼も厚く、側近中の側近と言ってもいい。

彼はクーデターの直後に生まれ、誕生時にはすでに一家離散していたという悲しい過去を持っていた。

そんな男性なら、父を亡くして子爵家を追われ、婚期も逃して伯母の世話になっていると聞けば、グレースに同情してもおかしくないだろう。

「カークランドの新国王様も――家族を喪う悲しみを知っていて、誠実な心を持った女性が部下にはふさわしい、とおっしゃって。女王陛下も私の姪《めい》であるなら信用できると推薦《すいせん》してくださったのですよ」

相手が国内の貴族ではなく、隣国の、それも国王の側近だとは……。

グレースは深呼吸して、懸命に言葉を探した。

「でも……でも、伯母様。カークランドの新国王様の側近なら、わたしもカークランドに行かなくてはいけないのでは？」

新国王一行は、すでに一週間ほど滞在している。即位したばかりで、そう長く国を空けることはないだろう。早ければあと一週間、遅くとも二週間程度でカークランド王国に帰国するのではないか。

とてもではないが、そんな短い間に結婚など、普通では考えられない。

（いいえ、時間の問題ではなくて、わたしはもう……）

アーサーと過ごした一夜を思い出し、グレースは眩暈《めまい》がした。

マリガン王国の国教会は純潔を重んじる。とくに上流階級において、未婚女性は純潔でなくてはならない。教会で司祭立ち会いのもと結婚の祝福を受け――そのあと初めて、夫に躰を許すのが常識となっていた。

その禁を破り、グレースはたった十五歳で両親と神の許しを得ずに、愛する人に純潔を捧げた。

エミーはそのことを知らない。知っていれば、縁談を持ってくることはないだろうし、グレースを娘同然とも言ってくれなくなるだろう。

もし、黙ったまま結婚し、初夜に秘密が暴かれたら……。

表向き、すぐに離婚とはならないだろうが、子供が生まれたとき、父親が誰であるか疑われ続けることになる。

そして噂は静かに広がり、エミーは多くの人々の失笑を買うはずだ。

それだけでは済まない。エミーを信じてグレースを推薦してくれた、ナタリー女王の顔にも泥《どろ》を塗ることになるのだ。

どんな罰があるか、想像するだけで恐ろしい。

だが……グレースにとって最大の問題は別のところにある。彼女にはどうあっても、この国から離れたくない事情があった。

苦悩するグレースと違って、エミーは極めて明るく答える。

「ええ、そうなのよ。新国王様一行は、五日後にはシェリンガムを出発するとおっしゃるの。だから明日の王宮舞踏会に、あなたも出席するように、と」

「そんなこと……無理です！　人前でダンスなど、踊《おど》ったこともありませんのに」

たった五日で結婚を決めることなどできるはずが……そこまで考えて、グレースはハッとした。

結婚はエミーやグレースが選択できるものではなく、女王からの命令なのだ、と。

「伯母様……このお話は、お断りできない、ということですか？」

グレースの言葉にエミーの肩がピクリとした。

「そう、ですね。こちらから断るとなると、難しいものがあると思います。いえ、私はいいのよ。夫の残してくれたこの屋敷で、ひっそりと暮らしていければいいのだもの」

そう言うとエミーは隣に座ったグレースの頬を撫で始めた。

「でも、あなたは……オークウッドだけでなく、このシェリンガムにも居場所がなくなってしまう。あなたの未来を塗り潰してしまいたくはないの。それにね……本当にいいご縁だと思うのよ」

「今、遠くに離れるわけには……ホリーのことが心配なんです。お母様は、娘よりご自身のことが大事だから……あの子のことはわたしが考えないと」

ホリーはつい先日、九歳になった。

今はまだ幼いが、あと六年もすれば、グレースがアーサーと愛し合った歳になる。

ダリルが、幼い継娘のことをきちんと考えてくれるとは思えない。グレースのときと同じように、無一文で放り出してしまうかもしれない。あるいは、ダリル自身のために、ホリーを政略結婚の駒として使う可能性もあった。

そのときはグレースがホリーを助けなくてはならない。

できればシェリンガムに家を構え、ホリーを迎え入れてやりたいと思う。

今、働いて得ている収入も、ホリーのために使ってほしい、とほとんどを母に渡している。残ったわずかな額は、ホリーを迎える日のために貯金していた。

グレースは必死な思いを伝えたつもりだったが、

「ホリーには母親がついているのだから、任せておきなさい」

そう言って軽くいなされてしまう。

「妹の心配より、自分のことを考えなくてはね。それに、あなたが立派な家庭を築いていたら、いざというとき、ホリーの面倒をみてやれると思わない？」

エミーの言うことは一理あった。

問題はその結婚相手が、グレースの無垢ではない躰を受け入れてくれるかどうか……。そして、グレースがアーサー以外の男性を受け入れることができるかどうか、だろう。

夫婦生活の中身を知らなければ、深く考えずに結婚できたかもしれない。

だがグレースは〝愛する人と躰を重ねる〟という喜びを知ってしまった。そんな彼女にとって愛のない夫婦生活とは、羞恥《しゅうち》と屈辱《くつじょく》、そして苦痛に耐えること、だ。

それに耐えることができるだろうか？

考え込むうちに、疑問は確信へと変わっていく。

しかし、グレースから断っては女王の顔を潰してしまう。そのためにできることは、グレースが自らの恥を晒《さら》すことしかない。

（わたしから告白しましょう。すでに男性と愛を交わしたことがある、と。軽蔑されるかもしれないけれど、あちらから、なかったことにしてくださるはず……）

もし今回のことでエミーに迷惑をかけることになったら、この家を出よう、と覚悟を決める。

「わかりました。伯母様、明日の王宮舞踏会に出席いたします」

グレースはそう答えていた。

☆　☆　☆

シェリンガム市の中央に位置する王宮——。

首都で暮らすようになって七年、王宮の柵《さく》の内側に入ったのは初めてのことだ。これまではせいぜい、王宮の敷地を取り囲む柵越しにしか見たことがなかった。

遠目で見ても、美しい王宮だと思っていた。

だが今夜、グレースは正門から中に入り、アプローチを通り抜け、玄関《エントランス》の前に立ち……。

見上げんばかりの白亜《はくあ》の王宮、その荘厳さに息を呑むことしかできない。

グレースの中で一番立派な建物は、オークウッドの領主館だった。だが、それとは比べものにならない。

（オークウッドで一番大きな領主館が……王宮と比べたら門番小屋《ゲートハウス》くらいの大きさだったなんて。さすが、女王陛下のお住まいは違うわ）

思えば、女王が手配してくれた王家の馬車も素晴らしく豪奢《ごうしゃ》なものだった。見た目の煌《きら》びやかさだけでなく、乗り心地も最高になるよう計算して作られている。

加えて、王家の紋章がついた馬車は何よりも優先される、と聞いていたが……。

街中を走っていたときは、ごく自然に前を走る馬車が脇に寄って道を譲ってくれた。王宮のアプローチでは、護衛兵に敬礼されたくらいだ。

結婚を破談にするため、王宮を訪れたグレースとしては、申し訳なさに身の細る思いがしていた。

「元治安判事夫人、エミー・ハンクス様。シンフィールド子爵家令嬢、グレース・オリヴィア・シンフィールド様がご到着です」

玄関前に立つ男性が声を上げると、あっという間に侍従や女官が集まってきて、ふたりを奥へと案内してくれる。

王宮の大広間へと足を一歩踏み入れるなり、周囲の視線がグレースに注がれた。それは恐ろしいほどの重圧だった。

初めての経験に、グレースは足が震えてなかなか前に進めない。

美しく着飾ったレディたちの視線に気おされてしまい、自分がみっともなく思えてしまうのだ。

「お、伯母様……やはり、わたし、どこかおかしいのではないでしょうか？　笑われているように見えます」

「まあ、グレースったら……」

エミーはころころと笑う。

それはさも愉快そうで、グレースには意味がわからない。

「そんな素晴らしいドレスを着ているのに、おかしいはずがないでしょう？　社交界デビューすらしていない娘なので、とお返事したら、カークランドの新国王様が用意してくださったドレスですよ」

サラリと言うが、とんでもないことではないだろうか。

「伯母様……わたし、何も聞いておりませんが……」

ただ、王宮舞踏会に恥ずかしくないドレスを用意していただける、という話だけ聞いていた。

そしてグレースのもとに届けられたのは、絹タフタのラベンダー色のドレスだった。

襟《えり》は大きく開いており、パゴダ・スリーブを縁《ふち》どるのは極上のレースだ。柔らかいヤギ革のフラット・シューズも、ドレスの共布で作られていた。

王宮で用意していただいたドレスなら、傷《いた》まないように着て、返さなければ、と思う。

「いけませんよ、グレース。下げ渡されたお品を返すなど、失礼にもほどがあります。たしかに高価な品なので、あなたが驚く気持ちはわかりますが」

「あの……このたびの縁談のお相手は、侍従武官の方なのですよね？　それなのに、どうしてカークランドの新国王様がここまで気を遣ってくださるのでしょう？」

「大切な側近の花嫁になる女性だと、そんなふうに思っているからではないかしら？」

エミーはなんでもないことのように言うが、グレースの中には得体のしれない不安が募《つの》っていく。

そのとき、王宮楽団の演奏が始まった。

奥から波が広がるように、舞踏会に招待された人々が膝《ひざ》を折り、頭を下げる。ナタリー女王の登場だと、初めてのグレースにもわかった。

家庭教師として、社交界デビューに向けてマナーを教える立場だが、グレース自身がこのような場所に立つことになろうとは、数日前まで想像もしていなかった。

エミーの後ろに立ち、同じように膝を曲げて、グレースは視線を床に向けた。

ざわめきの中心が少しずつ近づいてくる。トクン、トクン、と心臓の鼓動が速くなり、グレースは緊張のあまり倒れてしまいそうだ。

そのとき、女王はエミーの前でピタッと立ち止まった。

「ミセス・ハンクス、その娘がおまえの姪、ミス・グレース・シンフィールドか？」

凛とした、小さな妥協も許さないような声だ。

女王は三十代半ばと聞くが、声だけならもっと落ちついた年代に思えた。

「顔を上げよ」

グレースは命じられるまま、ゆっくりと顔を上げる。

そこには、険しい美しさを持つ気品高い女性が、黄金色のドレスを身に纏《まと》って立っていた。髪は高く結い上げられ、首回りには大きな宝石のついたネックレスが煌めく。そして紅茶色の瞳でグレースのことを見下ろしていた。

「初めての舞踏会と聞いているが」

「はい。このたびはお招きいただき、ありがとうございました」

グレースはわずかに膝を折ったままで答える。

女王は小柄ではないが、グレースが姿勢を正すと、視線が同じ高さになってしまいそうだ。それは失礼に思えて、彼女はわずかに前かがみでいた。

「地味な娘と聞いていたが、髪も瞳も稀有《けう》な色をしているではないか。そうは思わぬか、ウィリアム殿」

そう言うと、女王の背後に立つ軍服姿の男性を振り返った。

「たしかに。馬が好みそうな、真新しい藁の色だ」

「ほう、馬は新しい藁を好むのか？　ウィリアム殿は見かけによらず、面白いことを言われる」

声を立てて笑い始めた女王に合わせ、周囲の人々も笑った。

だが、グレースだけは笑えなかった。もちろんそれは、馬鹿にされたと思ったからではない。

（今……なんて？）

ふいに、グレースの脳裏にある人の言葉がよぎる。

『君の髪が美味しそうな藁に見えたんだ』

それは今から十年前、馬房の馬に髪を齧られ、泣きべそをかくグレースにアーサーが言った言葉だ。

（偶然、よね？　偶然以外に考えられない。だって、女王陛下が『ウィリアム殿』と呼んだのよ。それは、カークランドの新国王様の名前ではないの）

グレースはしだいに激しくなる鼓動を抑えつつ、女王の後ろに立つウィリアム国王に目を向けた。

彼は、目が覚めるような真紅の軍服に身を包んでいた。

肩章《エポーレット》についた金色の房がやけに目立つ。ブリーチズの色は白、脛《すね》に黒いゲートルを巻き、革靴を履いている。

軍服の立襟に黒髪がわずかにかかっていた。

ドキドキしながら彼の顔を見る。すると、漆黒の瞳が冷酷なまでの光を放ち、グレースのことを見下ろしていたのだ。

(まさか……アーサー？　でも、そんな……アーサーの父親は御者だったのよ。その息子がカークランドの国王になれるわけがないわ。でも……アーサーに似てる。それに、さっきの言葉は……)

グレースが混乱の中にいると、ふいに女王の力強い声が響いた。

「ミス・グレース・シンフィールド！　おまえは少々耳が遠いようだ。私の声が聞こえぬとは」

我に返ると、エミーが青褪めた顔でこちらを見ている。

グレースは自分でも気づかないほど長い時間、ウィリアム国王に見惚《みと》れていたらしい。恥ずかしくなり、折れるほど首を曲げて女王に謝罪した。

「申し訳ございません。わたし、わたしは……」

「おまえを妻にしたいと申し出ているのは、ウィリアム殿ではなく、侍従武官のほうである。しかし、おまえ自身はそれでは満足できぬようだな。考え直すなら、早いほうがよいぞ、デューク」

ウィリアム国王のさらに後方には、濃紺の軍服を着て静かに佇む、長身の男性がいた。彼は女王から名前を呼ばれ、「はっ」と頭を下げる。

焦げ茶色の髪をした真面目そうな男性だ。薄い緑に縁どられた淡褐色《ヘーゼル》の瞳は、恐ろしいほど鋭い光を浮かべてグレースを見ていた。

（こ、この人がわたしを？　そんな、信じられないわ。愛情どころか、同情すら感じていないようなのに……。どうして、結婚なんて？）

デュークと呼ばれた男性の目は、グレースを軽蔑しているとしか思えない。いくらなんでも、ウィリアム国王の顔を見ていただけで、ここまで怒らないだろう。

グレースが何も言えずにいると、口を開いたのはウィリアム国王だった。

「初めての王宮、女王陛下を前にして、緊張しておられるのだろう。あるいは私の顔が、彼女が二度と会いたくない男に似ていたのかもしれません」

彼の言葉はどうにも引っかかる。何か含みがあるように聞こえてならなかった。

だが、女王に睨《にら》まれ、他にもたくさんの視線がある中では、十年前のことを尋ねるわけにもいかず……。

そのとき、ウィリアム国王がグレースに向かって口を開いた。

「では、あらためて挨拶しておこう。私はカークランド王国の新国王ウィリアム・カークランド。そして、ミス・グレース・シンフィールドに求婚しているのが、私の側近、デューク・ノエルだ」

デュークの姓が『ノエル』であることに、グレースは息が止まった。

(『ノエル』なんて、そんなに多い姓ではないわ。そんな人が、わたしに求婚しているなんて……こんな偶然があるものなの?)

グレースは目を見開き、デュークの顔を真剣に見つめる。

目元が……いや、顎《あご》のラインがアーサーに似ているような……。グレースは強引にでも似ているところを探し出そうとしてしまう。

そうでもしなければ、ウィリアム国王に意識が向いて……どうしようもないのだ。

(ダメよ。国王様のほうを見てはダメ。女王陛下を怒らせてしまうわ。いえ、それで破談になるなら、ありがたいことだけど……でも……)

子爵家の娘として、いずれ社交界へデビューするためにいろいろなことを覚えた。それこそ、家庭教師ができるくらいの知識だけはある。

だが実際には、舞踏会どころか、小さな夜会にも出席したことがなかった。

そんな彼女がいきなり王宮に連れてこられたのだ。とっさに機転を利かせ、女王に気に入られるような振る舞いができるはずもない。

もちろん、エミーにいろんなことを教えてもらったつもりだが……。

ウィリアム国王の顔を見た瞬間、さらには縁談の相手であるデューク・ノエルの名前を聞き……その奇妙な符合《ふごう》に、頭の中は真っ白になってしまう。

「デューク、ミス・シンフィールドをダンスに誘うといい」

国王命令なら仕方ない、といった顔で、デュークはグレースに手を伸ばした。

「ミス・シンフィールド、自分と踊っていただけますか?」

その堅苦しい口調にグレースは頬を引き攣《つ》らせながら、「はい」と答えた。

第二章　愛する人の正体

オークウッドの領主館にいたころ、乗馬同様、ダンスも先生について習った。

アーサーに恋をしてから、社交界にデビューするつもりはなくなったが、ダンスは好きで一生懸命習っていた気がする。

当時のグレースはひとり娘で、父は彼女に対する教育にとても熱心だった。

田舎で育ったわりに、ダンスや乗馬のみならず、ピアノの演奏から外国語、地理、歴史、絵画、そして裁縫《さいほう》まで、たくさんのことを学ばせてもらった。

（そのおかげで、〝母親の手伝い《マザーズヘルプ》〟と馬鹿にされず、〝家庭教師〟と認めてもらえるのだけど……）

だが、父にだけはどうしても感謝する気になれない。

グレースがアーサーと結ばれた翌日、彼女はいつの間にか戻ってきていた父に呼び出され、言われたのだ。

『厩番《うまやばん》の親子は子爵家の領地から出て行かせた。馬丁の分際で、おまえを妻に欲しいと言ってきたのだ。自分は貴族の血縁に違いないから、調べてほしいなどと、とんだ世迷い事を言い始めてな。だが、いくらかの金を渡せば、諦めて出て行った』

まさか、と思ったが、アーサーは本当にどこにもいなくなってしまった。

だが、決して父が言ったような、金を渡したせいで出て行ったのではないと思う。やむにやまれぬ事情でグレースから離れたに違いない。

父は自分の不道徳を棚に上げて、グレースからアーサーを引き離したのだ。

今となれば、アーサーが自分の出自について口にしたことは、事実だったのかもしれない。あのとき、父からもう少し詳しく聞いていれば、アーサーの行方を捜す手がかりになったのではないか。

そう思うと残念でならなかった。

(そうだわ。アーサーが本当に貴族の出で、それも、このマリガン王国ではなく、クーデターで揺れていたと言われるカークランド王国の……)

そこまで考えたとき――。

「ダンスはお上手なのですね」

黙々と踊り続けていたデュークが、ポツリと口にする。

グレースは彼が無口なのをいいことに、別のことばかりを考えていた。そのため、しどろもどろになりながら、どうにか答える。

「え？　あ、ああ、いえ、それほどでも」

「社交界デビューされていないと聞きましたので、踊れないのかと思っていました」

デュークのほうはあまり慣れているとは思えない動きで、グレースのことをリードしてくれる。

間近で見ると、彼がアーサーに似たところは……やはり、なかった。

もし、デュークとアーサーが同一人物なら、彼女を迎えにきてくれたのではないか、とほんのわずかだが期待したのだ。

だが、髪の色はともかく、目の色まで変わるとは思えない。

それに、声のトーンがまるで違う。

(あのときのアーサーは十代半ば、まだ完全な大人の男性の声ではなかったんじゃないかしら？　でも、この人の声とは全然違うわ)

そう思った瞬間――グレースの記憶に繰り返し流れる声が聞こえた。

『グレース……愛してる』

そして、それはつい先ほど聞こえた声に重なったのだ。

『馬が好みそうな、真新しい藁の色だ』

（違う……違うわ。アーサーと同じ黒髪で黒い瞳で、声は似ているけれど……）

頭に浮かんだ考えを振り払い、グレースはデュークに向き合う。

「ご存じかと思われますが、わたしは家庭教師として働いております。デビュー前の十代前半のレディについておりますので、ダンスも踊れなくては務まりません」

ダンスもマナーも、専門とする先生に委《ゆだ》ねるまで、基本を教えるのはグレースの役目だった。

「子爵の領地には、一度も戻られていないと聞きましたが、それは新しい子爵のご命令ですか？」

「命令というわけでは……ただ、なさぬ仲の親子ですので……。でも母と妹には会っております！」

デュークの聞き方が彼女を責めるような口調だったため、思わずむきになって答えてしまう。

「ミス・シンフィールドが家庭教師として働き始めたのは、五年ほど前ですね？　どうして急に働くことになさったのです？　たとえば……実のお父上から譲り受けたお金を使い果たしてしまわれた、とか？」

「サー・デューク・ノエル……」

あまりのぶしつけな質問に、グレースはそのまま絶句してしまう。

「自分のことは、デュークとお呼びください。ミス・シンフィールド」

普通こう言われたら返事は決まっている、『では、わたしのことはグレースと』――だが、グレースはそう答えなかった。

「サー・デューク・ノエル、あなたにお話があります」

ふたりはワルツのステップを踏みながら、張り詰めた表情で睨み合うのだった。

☆　☆　☆

壁かけランプが琥珀色の灯りを放ち、王宮の廊下を幻想的に照らし出している。人気《ひとけ》のないその廊下をグレースは歩いていた。

先を歩くのは、彼女に求婚しているデュークだった。

『休憩室を用意していただいております。話があるのでしたら、そちらまでお付き合いください』

今は舞踏会の最中で、大広間には招待客の男女がひしめいている。

この縁談に興味を示し、聞き耳を立てている人たちも多いだろう。そんな中、込み入った話などできるはずがない。

そんなふうに説得されたら、グレースに逆らうことはできなかった。

だが本来、彼女がこんな軽はずみな行動に出ることはない。何かあったとき、家庭教師としての立場や、世話になっているエミーの評判にもかかわってしまうためだ。

しかしこのデュークは、ナタリー女王の推薦を受けて、グレースに求婚してくれている男性――しかも、マリガン王国と新しく同盟を結んだカークランド王国、ウィリアム国王の側近だった。

彼自身、その信頼を裏切るような行動には出ないだろう。

何より、この縁談を断るためには、グレースの事情を話さなくてはならない。それは、ダンスをしながら世間話のように話せる内容ではなかった。

多少の危険を冒しても、ふたりきりにならなくては……。『ノエル』の姓を持つ彼に、どうしても確認したいことがあるのだ。

王宮の奥に向かってグレースたちは十分ほど歩いただろうか、広間の喧騒はしだいに遠ざかっていった。

辺りはしんと静まり返っている。同じ建物の中で舞踏会が開かれていることなど、グレースの勘違いに思えてくるほどだ。

「こちらのお部屋になります。入って、お待ち願えますか？」

赤みを帯びた淡褐色の扉は、おそらくマホガニーだろう。その重厚な扉が意味するのは、この部屋が客間なら、彼は国賓《こくひん》待遇のもてなしを受けている、ということだ。

(新国王様の側近だから?)

扉の前でひとり取り残され、グレースは途方に暮れた。

入って待てと言われたが、王宮を女官の案内もなしにうろつき、自ら扉を開けて部屋に入るなど、マナーから激しく逸脱《いつだつ》している。

(まあ、それを言うなら……伯母から離れてここにいること自体、とんでもないことには違いないのだけれど)

グレースはため息をひとつつくと、ノックをせずにマホガニーの扉を押し開けた。

部屋は思ったより広い。四隅《よすみ》に点された終夜灯《ナイトライト》が揺れて見えたのは、窓から風が吹き込んでいるせいだった。

レースのカーテンがひらひらとなびき、大きな部屋に涼《すず》やかな流れを作っていた。

薄暗いのですべては見えないが、家具や調度品は極上の品で揃えられているようだ。毛足の長い絨毯《じゅうたん》は、東方の国から輸入された手織りのものだろう。

バルコニー近くに置かれたカウチソファも、淡い色合いと異国の花柄であることはわかった。ゆっくりと近づき、そっと触れてみる。

非常に滑《なめ》らかでしっとりしており、肌に吸いつくようだ。

「絹の天鵞絨《ベルベット》？　なんて優しい肌触りなの……。色は、イエロー？　ううん、ベージュかしら？」

カウチソファは終夜灯ではなく、月明かりに照らされていた。その艶《つや》めきはあまりになまめかしく、グレースの心を惹きつける。

そのとき、視界の片隅で何かが揺れた。

ドキッとして顔を上げると、レースのカーテンの向こうに人影が見えた。それは、バルコニーに誰かがいる、ということを意味する。

王宮の……通常では入れてもらえないほど奥に位置する部屋に、狼藉《ろうぜき》者が入り込むことなどできるのだろうか？

グレースは二度、三度と深呼吸して、口を開いた。

「誰、か……いらっしゃるの、ですか？」

夜風に吹き消されてしまいそうな、小さな声だった。

もう一度尋ねようかと思ったとき――。

「そのカウチソファは、淡くて綺麗なグリーンをしている。ああ、そうだ……おまえが私に処女を捧げたときに着ていた、若草色のデイドレスに似ているかもしれない」

グレースの鼓動が止まった。

いや、むしろ、十年間止まっていた時間が、動き出した瞬間だったのかもしれない。

彼女の動揺を煽《あお》るように、いっそう強く風が吹き込み、レースのカーテンが激しく捲《まく》れ上がった。

たなびくカーテンの間から、バルコニーに立つひとりの男性の姿が見えた。

今はもう、真紅の軍服は脱いでいる。そして上半身には何も着ておらず、ブリーチズとゲートルだけの格好だ。

大広間で会ったときに比べて、髪は乱れていた。

それは、より強く、目の前に立つ男性と、グレースが覚えている十年前の愛する人の姿とを重ならせていき――。

「ア……アーサー？」

「ウィリアム・アーサー・カークランド。さっきは、ミドルネームを名乗り忘れたな」

グレースは信じられない思いで、彼の姿を凝視していた。

今すぐ、王宮のアプローチで見た、噴水に飛び込んでみたい。そこまでして消えなければ、これが夢や幻ではないと信じられそうだ。

恐ろしく長く感じる、そして実際には短い時間が流れていった。

グレースの瞳から、突然涙が溢れ出す。

たくさんの思いを言葉にしたいのに、何も出てこない。一瞬でも目を離すのが怖くて、彼女は瞬きもせずにアーサーの姿を見つめ続けた。

彼はなぜか眉を顰《ひそ》めたあと、手にしたグラスから葡萄酒を呷《あお》った。口角からひと筋、赤い液体が流れ落ち……彼はそれを手の甲でぐいと拭う。

その仕草は苛立たしげで、まるで彼女の存在がアーサーを怒らせているように見えなくもない。

直後、彼は空になったグラスをバルコニーの手すりに置いた。

そのまま、つかつかと部屋の中に入ってきて、グレースの前に立つ。

「十年前のこと——話したいことはあるか？」

どうして、子爵家の領地からいなくなったのか。

たとえ反対されても、グレースを連れて駆け落ちしてくれると言ったことは、嘘だったのか。

十年間、どこにいたのか？　側近のデュークがグレースに求婚した理由は？　カークランド王国の国王とは、いったい……。

聞きたいことはたくさんあったが、グレースは首を横に振った。

もう、過去などどうでもいい。

こうして、グレースのことを忘れず、迎えに来てくれたのなら……。それ以上に大事なことは何もない。

「会いたかった……アーサー、あなたに……会い、たかっ……た」

　グレースが泣きながら、思いを口にした瞬間――アーサーは頬を歪《ゆが》めて舌打ちすると、彼女の手首を摑んで思いきり引き寄せた。

　グレースは倒れ込むように、彼の腕の中に飛び込んでいた。逞《たくま》しい胸に、自分から抱きついてしまった格好だ。

「あ……の、ア……」

　アーサーの名前を呼ぼうとした口を、彼の口で塞がれる。

　それは、十年ぶりのキスだった。

　ただ、押しつけ合うだけだった初めてのキスとは違い、彼はグレースの唇を甘嚙みした。反射的に開いてしまった唇の隙間から、今度は舌先を押し込まれ……びっくりして彼から離れようとする。

　その瞬間、彼の手がグレースの髪に触れた。

　ピンが抜かれ、長い髪が一気に背中を流れ落ちる。

「昔より、長くなった。だが、色は変わらないな。手触りも……同じだ」

　グレースの髪をすくい上げるようにして、アーサーは亜麻色の髪にも口づけた。

「あ、あなたも……でも、声は、少し低くなったわ」

「声？　それだけか？」

「あ、あのころより、背が高くなったみたい。だって……こんなに、見上げなかったもの。

えっと、あの……とき」

　初めてキスして、彼のすべてを受け入れたときのことを思い出す。

　背丈だけではない。胸板も厚くなり、グレースが腕を回しても彼の背中の半分までも届かなくなった。

「あのとき？　ああ――」

　アーサーはそう言うと、彼女をカウチソファに押し倒した。

「こんなふうに、抱き合ったときだろう？」

　カウチソファの背に、もたれかかる感じになり……彼の手がグレースの背中に回され、ドレスを留めたロープがふわっとほどけたのだ。

　もともと襟元が大きく開いたデザインだったため、さらに緩むと肩が剝《む》き出しになる。柔らかめのボーンが入ったコルセットを、彼はドレスの襟と一緒に押し下げた。

　胸の谷間が露《あら》わになり、グレースは彼の視線から隠そうとする。

「おまえは、この辺りが一番変わった部分だな。充分、男を悦ばせる胸に育っているじゃないか」

「そ、そんな、ことは」

　十五歳のときに比べたら、大きくなったことはたしかだ。

　だが、たわわに実った、と自慢できるほどではない。今日の舞踏会でも、グレース以上に胸の豊かな女性は大勢いた。

そのとき、アーサーの手が胸元を探り、下げられた襟からポロリと胸が零れ落ちた。

「きゃっ！ あ……待って」

柔らかなピンク色の先端に、彼は口をつける。

ヌルリとして肉厚のある舌にねぶられ、少しずつ、少しずつ、胸の頂が硬く尖ってきて……。

「ア、アーサー、待って、くださ……ぁ」

その間に彼の手はドレスの裾から中に忍び込んでいた。

何枚も重ねられたペティコートを掻き分け、掌が内股に触れた瞬間、甘い痺れが全身に走った。

（わ、わたし、どうしたらいいの？ 彼がアーサーなのは間違いないと思うけれど……ここは王宮で、それに……）

グレースの頭の中に、デュークのことが浮かんだ。

彼女に結婚を申し込んでいるのはデュークなのだ。当然、話をするため、彼はこの部屋に戻ってくるだろう。このまま いくと、デュークに恥ずかしい姿を見せることになってしまう。

「いけません。わたしは、サー・デュークに求婚されて……ここで、お話を……」

「あいつが戻ってくることはない。この部屋まで、おまえを連れてくるように命じたのはこの私だ」

その言葉に驚きは感じない。

むしろ、デュークの気持ちがわかった気がした。

アーサーはカークランド王国の国王だ。それはすなわち、彼がクーデターで拘束、処刑された国王夫妻の第四王子ということになる。

どういった経緯で父親を名乗る人物と一緒にオークウッド州にやってきて、シンフィールド子爵家の厩番になったのかわからない。だがそのことで、彼はグレースに求婚できなくなったのかもしれない。そして自分の身代わりとして、デュークに結婚を命じたのだとしたら？

(だから、サー・デュークは不機嫌だったのだわ。国王命令で、全く興味のない女に求婚しなくてはならなくなったから……)

もし、そうなら、やめてほしいとアーサーにお願いしようとしたとき、彼の手がドロワーズのリボンをほどいた。

内股を留めていた部分が開かれ、そこはたちまち無防備になる。

グレースは腰を引いて逃れようとしたが……。

狭いカウチソファの上では、身体を動かすこともできず、彼の指がグレースの敏感な部分を捕らえていた。

十年前、それもたった一度の経験なのに、彼女の躰はアーサーのすべてを覚えている。

夜ごと、夢の中で抱かれ続けたせいかもしれない。一日も忘れることができなかった
アーサーに触れられ、強く突き放すことなどできない。

割れ目を撫でられ、花びらの奥まで指が届き――。

「あっ……ダメ、こんな……未婚のわたしが、こんな……こと」

「今さら？　どちらにせよ、拒絶は許さない。おまえの躰はもう、私のものだ」

花芯を抓《つま》むなり、彼は激しくこすり始めた。

さらには、指の先端を蜜窩に沈めていく。浅い部分を刺激され、グレースはカウチソファの上で全身をピクピクと震わせた。

はしたなく声を上げそうになり、両手で口元を押さえる。

「なんだ……ここはもう、グッショリ濡れて悦んでいるじゃないか。そんなに、私に抱かれたかったのか？」

直後、ドレスの下から……グチュ、グチュ、と淫《みだ》らな水音が聞こえてきた。

グレースは口元を押さえたまま、首を左右に振る。

「ああ、違うのか。では、誰に弄られても、おまえの躰はこうなるんだな？」

ふたたび首を振ろうとして、アーサーから釘を刺された。

「きちんと声に出して答えろ。それ以外は認めない」

あのとき、アーサーの妻になると約束した。彼が望むなら、拒絶するつもりはない。

だが、もし、彼の妻として寄り添えないのなら……。今のグレースは、十五歳の分別のない少女ではなかった。

そのことを伝えようとするのだが、

「わたし……あなたに、触れられるのは……嫌では、ないです。でも……きちんと、話をして……から……っ！　あっ、んんっ！」

蜜窟に入り込んだ指が、さらに奥まで進んでいく。

同時に親指で淫芽をまさぐられ……とても話などできそうにない。

「アーサー、アーサー、わたしっ！」

彼女の身体が小刻みに震え、落ちそうになる直前、アーサーに顎を摑まれた。

くいっと上を向けさせられて、

「言え！　言うんだ、グレース。この十年、私以上の男はいなかった。私に抱かれたかった、と。さあっ!!」

恐ろしいほどの剣幕で怒鳴りつけられ、グレースはすっかり臆してしまう。

目に大粒の涙を浮かべ、言葉にできない思いをまなざしで告げようとするが、彼はふいっと、視線を逸らした。

ラベンダー色のドレスと白いペティコートをたくし上げられ、彼は両膝でグレースの脚を大きく開かせる。

そして、無造作に自らのブリーチズを押し下げた。

すでに猛りきった欲棒が露わになり、彼女は顔を赤くしてアーサーの下腹部から目を逸らす。

膣内《なか》から指が抜かれ、ゾクリとした瞬間、その場所に灼熱《しゃくねつ》を感じた。蜜の溢れるとば口を、グイッと押し広げられ……アーサーが入り込んでくる。

「あっ！　やっ、待っ……て、あぁっ」

彼の行為はあまりにも性急に感じて、グレースは腰をくねらせた。

だがその動きは、むしろ逆効果だったようだ。昂《たかぶ》りを捻《ね》じ込むことに協力しているようで、ズッ……ズズッと蜜道の奥へと進んでくる。

やがて、ふたりの躰がぴったりと重なり、グレースの胸は喜びで満たされた。

初めて結ばれたときのことが次々と浮かんできて、グレースはもう、アーサーのこと以外、何も考えられなくなる。

（ダメ……なのに、でも、やっと会えたアーサーを突き放すなんて……わたしにはできない）

十年前に比べて、痛みは少なかった。

アーサーを信じたくて、迎えに来てくれるのを待ち続けたくて……だが、本音を言えば、ほとんど諦めていた。

グレースのささやかな願いは、家庭教師として働きながら、一生独身でいること。そして、アーサーを愛し続けることだけだった。

それだけでよかったのに……。

流れ者の御者の息子、厩番の親子——そのアーサーが一国の王としてグレースの人生に舞い戻ってくるなんて。

グレースはかすかな痛みに耐えつつ、アーサーの腕を摑む。

「相変わらず、いい躰だ。……グレース、そろそろ正体を現せ。おまえの本性を見せてみろ」

グゲッと奥まで押し込まれ、アーサーの雄身で蜜窟の天井を突き上げられた。

(彼は、いったい……)

躰の奥を刺激され、深く考える余裕などなくなる。

「あ、くっ……うぅ」

彼の言葉の意味を尋ねたいのに、口を開くと呻き声しか出てこない。

グレースは必死で首を振るが……それすらも、彼を怒らせてしまいそうで怖い。

「おまえの躰は、無垢なままのようだ。グレース……グレース、くっ！」

彼女の名前を重ねて呼んだあと、アーサーは容赦のない抽送を始めた。

蜜襞を抉るようにこすり上げ、音を立てながら躰を打ちつけてくる。彼のためなら、どれほどの苦痛も我慢できる。

アーサーがすべてを求めてくれるなら……。

愛する人の望みを叶えたい。その思いだけで、グレースは唇を噛みしめて堪えた。

彼の素肌は熱を帯び、首筋には汗が伝う。荒々しくキスされて……直後、膣奥に飛沫を感じたのだった。

吐精を終えるなり、アーサーは彼女から雄身を抜いた。

ホッとする反面、寂しさを感じてしまう。

(また、離れてしまうの？　わたしたちは、結ばれない運命なの？)

グレースは荒い息遣いのまま、カウチソファにグッタリしてもたれかかった。だが、アーサーの腕から手を放すことができず……。

そんな彼女の手を、アーサーは振り払ったのだ。

グレースは絶望的な思いで目を見開いた。

「そんな顔をするんじゃない。私が欲しいなら、もっとくれてやる。だが、ここじゃ動きづらい。ベッドまで来てもらうぞ」

言うなり、アーサーは彼女を抱き上げ、隣の寝室に向かったのだった。

☆　☆　☆

グレースが目を覚ましたとき、寝室の中には朝の光が射し込んでいた。

一瞬、王宮の舞踏会に出席したことは夢だったのだ、と思った。

アーサーと再会したことも、そのアーサーがカークランド王国のウィリアム国王と名乗ったことも、すべて夢に違いない、と。

だが、寝返りを打った瞬間、グレースは全身のだるさに驚いた。

下腹部までもがズシリと重く……その直後、月の物が始まったような、ドロッとした液体が流れ出てくる感じがしたのだ。

夜着やベッドのリネンを汚してしまったと思い、慌てて手を当てる。

（え？　どうして白いのかしら？　これは、ひょっとして……）

思い起こせば、初めてアーサーを受け入れた次の日は、後始末が大変だった。痛みと違和感があり、月の物よりつらかったことを覚えている。

だが今朝は、痛みはそれほど感じない。

ただ、アーサーがまだ彼女の体内にいるようで……。

「起きたようだな、グレース」

すぐ後ろから聞こえた気がして、グレースは振り返った。

「アーサー？」

ゆっくりと身体を起こしながら、彼の名前を呼ぶ。

彼はすでに白いシャツを着込んでいた。ブリーチズをズボン吊り《ブレイシーズ》で留めながら、ベッド脇に立つ。

黒い瞳にはなんの表情も映しておらず、グレースの知っているアーサーとは別人に思えた。

「〝アーサー〟か――寝室でそう呼ぶことは許そう。だが、人前では陛下と呼ぶように」

突き放す口調で言われ、グレースは声も出ない。

頭の中に霧《きり》がかかったみたいで、昨夜のことがはっきりしないのだ。彼女はデュークに案内され、王宮の奥まで連れてこられた。そして、重厚な扉の前で立たされ、中で待つように言われたのだ。

そして、その部屋の中にアーサーが――いや、ウィリアム国王がグレースを待っていた。

十六歳の少年が、二十六歳の青年になり、名前や身分まで変わっていれば、いくら面影があっても確信にはいたらない。

しかも相手が隣国の王ともなれば、気軽に話しかけられるはずもなく……。だが彼は、デュークに命じて、ふたりきりで会える場所を作ってくれた。

ウィリアム国王は本物のアーサーだった。

過去のこと、今のこと、そして未来のこと、話し合うべきことはたくさんあったが、アーサーにキスされた瞬間、すべてが後回しになった。

小さな違和感など気にする余裕もないまま、求められるままに、躰を委ねていた。

最初は、居間のカウチソファの上で——。

そのあと、彼に抱き上げられ、寝室のベッドの上で何度も何度も彼に愛された。

そこまで思い出したとき、グレースは自分がまだ、一糸《いっし》纏わぬ姿でいることに気づいた。

慌てて絹の上掛けを手繰《たぐ》り寄せ、できる限り身体を隠そうとする。

するとアーサーが近づいてきて、グレースの髪を撫でるように触れ……突然、後頭部を摑んで上を向かせた。

「返事はどうした？」

「は……は、い」

震える声でグレースが答えると、彼はいきなり、上掛けを奪い取った。

「きゃっ!?」

ふたりきりとはいえ、朝日が射し込む中、裸体を晒すのは恥ずかしくてならない。

いったい何を考えてこんなことをするのか、グレースが尋ねようとしたとき、彼は忌々しげに言い放った。

「おまえの本性はわかっている。無垢なふりをして、身分の低い男とさんざん遊んできたんだろう？　子爵家の奔放な我がまま娘に、私はすっかり騙されたわけだ」

アーサーは何を言っているのだろう？

彼と過ごした日々、ただ恋しくて、アーサーのことを追いかけていただけだ。

本性と言われても、『無垢なふり』の意味も、『身分の低い男とさんざん遊んできた』という意味も、全く心当たりがない。

「オークウッドの子爵領に戻らないのは、継父のせいではないのだろう？　男と遊び過ぎて、領地中におまえのふしだらな噂が知れ渡っているから、戻れないだけだ。〝シンフィールド子爵家の恥知らず〟そう呼ばれているらしいな」

グレースは震えながら首を横に振る。

彼はどうして、そんな誤解をしているのだろう。しかも、恐ろしい顔でグレースのことを睨んでいる。

「なぜ、バレたのかわからない、といった顔だな」

アーサーは頬を歪ませ、笑みらしきものを浮かべた。

そして彼はグレースが思いもしなかったことを口にしたのだ。

子爵領を追われた翌年、アーサーは危険を承知でマリガン王国のオークウッド州に舞い戻ったという。

すべては、父親につらい目に遭わされているであろうグレースを救い出すために。

だがそのとき、肝心のグレースは――。

「両親と一緒に、南のル・フォール王国に旅行中だと聞かされたんだ！　一年……いや、半年だぞ！　熱烈に私を誘惑したわりに、ずいぶん、あっさり忘れられたものだな」

アーサーのまなざしから感じるのは、怒りだけだった。

彼は恐ろしいほどの怒りを、グレースに対してぶつけ続ける。

「おまえの乳母という女も言っていたそうだ。――グレースお嬢様は、ふしだらな娘に成り下がってしまった、と」

領地の人々に顔を知られているアーサーは、自ら動き回ることができなかった。その代わり、人を雇ってグレースの情報を探らせたらしい。

アーサーの護衛に同行していたのは、デュークだった。

デュークから、グレースの帰国を待つ時間はない、と言われ、アーサーは引き揚げたのだという。

「ローラは……乳母は、ある事情から、子爵家をクビになりました。それで、お父様や、わたしのことも恨んでいるのです。もちろん、ローラのせいではありません。わたしが、わたしが……」

「それも知っている。おまえの、ふしだらな行いの責任を取らされたのだ、とな」

まさしく、そのとおりだった。

釈明しようのないことを言い当てられ、グレースは顔を背けることしかできない。

「まだ、話を続けられるのなら……どうか、わたしに着替える時間をお与えください。そうでなければ、せめて上掛けを……」

ベッドの上で、自分を抱きしめるように前を隠し、グレースはうつ伏せに近い格好でいた。

このままでは、とても話などできない。

アーサーに脱がされたドレス類は、すべて床の上に散乱《さんらん》していた。

彼がほんの少し席を外してくれたら、下着とドレスだけなら自分で着られるだろう。そうすれば、どうにか格好はつく。

ところが、彼はグレースのドレス一式を掻き集め、居間と繋がったバルコニーに出たのだ。

そして信じられないことに、それらを一枚ずつバルコニーから投げ始めた。

「なっ……何をなさるんですか？」

さすがにグレースも声を荒らげる。

アーサーは躊躇《ためら》う仕草も見せず、コルセットやペティコートを順に放り投げていく。そしてドロワーズまで手にすると、指先でクルクルと回し始めた。

「待って、アーサー！　あ、いえ、陛下……どうぞ、お返しください」

「昨夜さんざん痴態を見せておきながら、こんな布きれ一枚、もはや、あってもなくても関係あるまい」

　言うなり、リネンのドロワーズから手を放した。白い布は手すりの向こうにひらひらと舞い落ちていく。

「やめてっ!?　どうして、こんなことを……。せめて、ドレスを返してください。それがなくては、ここから一歩も出られません」

　ここはマリガン王国の王宮だ。

　アーサーは一国の王で、ナタリー女王の国賓かもしれない。だが、この国においては、客人であることには違いない。

　彼が女王にグレースとの経緯をすべて話しているとは思えない。そうなると、昨夜、この部屋であったことを女王が知れば……。

　女王は馬鹿にされたと怒るだろう。

　なんといっても女王は、ウィリアム国王の側近の花嫁に、とグレースを推薦してくれたのだから。

　彼は最後に残ったラベンダー色のドレスを手に、ニヤリと笑った。

「じきに、侍女たちがやってくるぞ。欲しいなら、さっさと取りにこい」

　グレースがベッドから下り、前かがみのままバルコニーまで小走りに向かう。ドレスを取り返そうと手を伸ばし――。

そのとき、彼はドレスを放した。

先に落とされたドロワーズの上に、ラベンダー色のドレスがふわりと落ちていく。

グレースはその様子を呆然と眺めたまま、全裸で王宮のバルコニーに立ち尽くすことしかできない。

アーサーはそんなグレースを捕らえるなり、彼女の裸身を朝日に晒すように、羽交い締めにした。

「きゃっ……い、やぁ……放して、くださ……い」

「何が嫌だ？　たかがこの程度で、許してもらえると思うな」

「……アーサー？」

彼はグレースを罰しようとしている。

アーサーが姿を消した半年後、グレースがオークウッドの領主館で彼を待っていなかったから、という理由で。

だが、それには深い事情があった。

そのことを話せば、きっと彼ならわかってくれる、と思うのだが……。

（どうして、話す時間をくれないの？）

グレースは身悶えして、彼の拘束から逃れようとする。

「放して……アーサー。お願いだから、わたしの話を聞いて……くだ、さ……ぁ、あぁっ！」

ふいに、胸を鷲掴みにされた。

羽交い締めにしていた片方の手が、そのまま、彼女の右胸を揉みしだく。

バルコニーの真下は芝《しば》が植えられ、少し先には薔薇《ばら》園が見えた。庭の手入れをするため、すぐにも王宮の園丁《ガードナー》がやってくるだろう。

そうなれば、アーサーが落とした衣裳にも気づくはず。

もし、そのままバルコニーを見上げたら……。

(ここは二階ですもの。手すりの隙間から、全部、見られてしまう)

園丁はだいたいにおいて男性だ。夫以外の……アーサー以外の男性にこんな姿を見られるなんて、想像するだけで気を失いそうになる。

「子爵令嬢として、大切にされたおまえのことだ。男たちに、こんな扱いをされたことなどないのだろうな。みんな、おまえのことを崇《あが》めていたはずだ……十六の私がそうだったように！」

彼は語気を強め、吐き捨てるように言う。

「アーサー、話を聞いて……わたしがル・フォール王国に行ったのは……」

「言い訳は聞かない！　おまえの言葉に惑わされ、ふたたび、あやまちを犯すわけにはいかないのだ！」

　取り付く島もない様子に、グレースは息をするのも苦しくなる。

「そんな……わたしは、ずっと、あなたのことを」

「パトリック・ノエルを覚えているか？」

　グレースの言葉を遮るように、彼は思いがけない人の名を口にする。

「もちろん、お……覚えて、います。御者のパトリックは、あなたの……お父様でしょう？　あ……でも、本当のお父様ではないのかしら？」

　アーサーが本物のウィリアム国王なら、父親はカークランド王国の前国王ということになる。

　パトリックはアーサーにとって、どういう人物だったのか。

　胸に浮かんだ疑問に、アーサーはすぐさま答えてくれた。

「そうだ、実の父じゃない。パトリックは父王の側近だった。三歳の私を連れて王城から脱出し、十三年もクーデター政府から私を守り続け……そして、おまえの父、ハミルトン・マーク・シンフィールドのせいで死んだ」

　恐ろしい言葉を聞いた気がして、グレースは息を呑んだ。

「……今、なんて」

「十三年間、私が父と呼び続けたパトリックを殺したのは、おまえたちだと言ったんだ！」

アーサーの黒い瞳が、燃えるような赤に見えた。

パトリックは細身で穏やかな男性だった。口をきくことはほとんどなかったが、いつも困ったような顔をしてグレースのことを見ていた気がする。そのパトリックが亡くなっていたなんて……。

しかも彼の死が、グレースや彼女の父のせいだというのは、どういうことなのだろう？

そう思ったとき、バルコニーの下で人の声が聞こえた。

さすがのアーサーも気になったらしく、彼女を摑む力が緩む。そのとたん、グレースは支えを失くして、よろけるように部屋の中に倒れ込んだ。

無意識のうちに身体を隠そうとするが……。そんな彼女に、アーサーは嘲笑《あざわら》いながら近づいてきた。

「娼婦より、ぶざまな格好だな。だが、おまえにふさわしい姿だ。もっと、今以上に落ちぶれ果ててもらうぞ」

「どうして……？　それは、どういう意味なの？」

「とぼけるな！　おまえを、デュークの妻とする名目で我が国まで連れて行く。だが実際は、十年前に犯した罪を償ってもらう——その躰で」

床の上に座り込み、グレースは唖然《あぜん》としていたが……。

立ち去ろうとするアーサーの姿を見て、我に返った。彼の言ったことは理解しきれていないが、どちらにせよ、グレースはこの国から離れることはできない。

　そもそも、デュークの花嫁にはなれないと伝えるつもりでこの王宮に来たのだ。

「待ってください！　わたし……サー・デュークの妻になるとは……」

「ただの名目に決まっている！　おまえのような女を、苦楽をともにした侍従武官の妻になどできるものか！」

「では……わたしは……」

　アーサーは侮蔑に満ちたまなざしで、彼女を見下ろしていた。

「まさか、十年前の求婚が有効だとでも？　おまえは私が飽きるまで、国王専属の娼婦にしてやる。そのあとは——城下で勝手に客でも取ればいい」

　カタカタと指先が震えた。

　いや、きっと全身が震えているのだろう。身体中の血が凍りついたようになり、自分の置かれた立場が理解できずにいた。

　そのとき、グレースの頭の上に何かがかけられ、視界が真っ白になった。

　彼女は、アーサーに奪われた絹の上掛けに頭から覆われていた。ハッとして顔を上げると、アーサーが目の前に立っている。

「ここを出るときには、ふさわしい衣裳を調達してやる。丸裸で連れ出されたくないなら、いい子にしていろ」

うなずくことも、首を横に振ることもできない。

震える指先で絹の上掛けを摑み、大雑把に身体に巻きつけるだけだ。

「伯母様の、ところに……帰らせてください。きっと、心配して……」

グレースはようようそれだけを口にした。

「ミセス・ハンクスには、女王陛下の側近を通じて連絡がいったはずだ。おまえは結婚についての話し合いを進めるため、今夜は王宮に泊まることになった、と」

当然のことのように言い返され、グレースは腰が抜けたように床の上に座り続ける。

そんな彼女を一瞥《いちべつ》もせず、アーサーは寝室から出て行った。

グレースの二十五年間の人生は、多くの悲しみと苦難に彩られていた。それでも、これほどまでに未来が見えず、途方に暮れたことは初めてだ。

それも王宮内の美しく飾られた寝室にいて、愛する人——待ち続けた人と愛を確かめ合った翌朝とは思えないくらいで……。

(違うわ。昨夜のことは愛じゃない。アーサーはもう、わたしのことなんて……)

込み上げる涙を懸命に耐える。

そのとき——コンコンと扉がノックされた。

グレースはビクッと全身を震わせたあと、絹の上掛け越しに自分の身体をギュッと抱きしめ、怯えたまなざしを扉に向けたのだった。

第三章　許されぬ愛の証

王宮の敷地内に建てられた温室、アーサーはそこにひとり佇んでいた。

彼の周囲には色とりどりのオールドローズが咲き乱れ、強い芳香を放っている。

高ぶった気持ちを抑えようと温室までやってきたが、逆に、むせるような甘い香りに欲情が煽られそうだ。

そのとき、静かに扉の開く音がした。

（……来たか）

入ってきた人物に見当はついたが、聞き慣れた足音が耳に届き、アーサーはホッと息を吐いた。

「陛下——離宮から連絡が参りました」

予想どおり、デュークが静かに告げる。

グレースが素直に同行すればよいが、逆らった場合、手を打っておく必要があった。

「問題なく、手の内に収めたんだな？」

「はい。これで、出立の準備はすべて整いました」

デュークは表情が少なく、感情の振り幅も小さい。何が起きても微動だにしないという、豪胆な気性の持ち主でもあった。

ただ、細身のため、頼りなげに見える点が損をしている。実際には、銃剣ともに素晴らしく腕の立つ男だ。アーサーより三歳下だが、配下の中では最も信頼を寄せていた。

そのデュークだが、今回のことには最初から反対している。

今も平静な顔の裏で、舌打ちしているはずだった。

「昨夜は、存分にお楽しみになられたようですね」

「珍しいな。おまえが、そんなことを口にするとは。表向き、求婚したことになっている女だからか？」

デュークからは真面目な顔で問われたが、アーサーは軽口で返す。

だが、デュークはにこりともせず答えた。

「いえ、そういうことではありません。失礼ながら、廊下まで声が聞こえておりました。それも、朝方まで……」

「だから？」

「もうよろしいのではありませんか？　あの女は夫もおらず、資産もなく、母方の伯母の屋敷で世話になっております。家庭教師はしておりますが、微々たる収入です。さんざん嬲《なぶ》りものにしたのであれば、もう、ご満足でしょう」

デュークは決めつけるように言うが、アーサーの気分は全く晴れない。

「おまえは満足なのか？　あの女のせいで、パトリックは——おまえの父は死んだんだぞ！」

アーサーの言葉に、デュークの表情はほんの二秒だけ固まった。

今から二十三年前、カークランド王国でクーデターが起こったときのこと。

王城で侍従長を務めていたパトリックは、ジェイムズ国王から当時三歳の末王子を託された。職務に忠実な彼は、身重の妻と娘ふたりを残し、残りの人生をアーサーに捧げることを決意したのだ。

だがアーサー自身は、そのときのことをほとんど覚えていない。

気づいたときには、パトリックを父と呼び、国中を放浪していた。

やがて、国境を越えてマリガン王国に入り、十三歳のとき、オークウッド州に住み始めたのである。

グレースと恋に落ちたころには、自分に本当の両親と三人の兄がいたことも、王城に住み『王子』と呼ばれていたことも忘れていた。かろうじて覚えていたのは、『ウィリアム』というファーストネームと、カークランド王国の出身ということだけ。

パトリックとの暮らしは、決してつらいだけのものではなかった。

彼はアーサーを甘やかすこともなければ、特別に厳しくあたることもしない。常に冷静に周囲の気配を窺いながら、具体的な危険がふたりに迫る前に、住まいを移していた。しかもその間に、アーサーが王族に戻ったときに困らないよう、様々な教育を施してくれたのだ。

それは基本的な勉強だけでなく、数ヶ国語の読み書きから近隣諸国の地理や歴史、馬術や剣技に至るまでパトリックから教わった。

そんな彼を、本当の父親ではない、と疑うわけがない。

アーサーの薄れた記憶は、無意識のうちに自らすり替えていく。カークランド王国の貴族だった父、パトリックが、クーデター政府から逃れるため、息子であるアーサーを連れて逃げたのだ、というように。

祖国に戻りさえすれば、きっとシンフィールド子爵家に劣《おと》らない爵位があるはずだ。

そう思ったアーサーはグレースの父に、そのことを話してしまった。

『アーサーが好き』

『アーサーのこと、ずっと愛し続けるわ』

グレースとはたった一歳しか違わない。だが彼女はアーサーがずっと年上で、なんでも知っていて、なんでもできる、完璧な男として崇めてくれていた。

グレースの愛情と尊敬に応えたい。

子爵に対しても、彼女とつり合う男だと証明したい。

たとえそれが、どんなに困難な道であったとしても。必ずカークランド王国の政権を軍部から国王に戻し、きちんとした身分で彼女を妻に迎えよう。

アーサーはそう思ったのだ。

まさか、他人に、『ウィリアム・アーサー』の名前を告げることが、あれほどまでの危険を孕んでいることだったとは。

パトリックは様々なことを教えてくれた。

だが、その名前が、クーデター政府が十三年間捜し続けている、死体のない第四王子の名前であることは教えてくれなかった——。

温室に咲くオールドローズの中でも、最も清らかな佇まいを見せる純白の〝アルバローズ〟……その姿はグレースに重なった。

アーサーは手を伸ばして、その花びらを一気に握り潰す。

「私は――許せない」

「陛下、父が亡くなったのは、ハミルトン・マーク・シンフィールドのせいです。あの男が、ウィリアム・アーサーの正体に気づき、クーデター政府に情報を売ったからです」

「そうだ。その金であの親子は、呑気にル・フォール王国で遊んでいたんだ！」

「自分が何よりも許せないのは……危うく陛下まで殺されてしまうところだった、ということです」

「デューク……」

グレースと結ばれた翌日――。

ハミルトンはガーネット州から戻ってきた。ところが、馬車を操っていたのは見知らぬ御者。どうやら、パトリックの代わりらしい。パトリックがいないことを不審に思い、代わりの御者に事情を尋ねようとしたとき、

『向こうを出発する直前、パトリックが倒れた。子爵様がすぐに迎えに行ってよいとおっしゃっている』

ハミルトンの従者からそう言われ、アーサーはわけがわからないまま、大急ぎでガーネット州の領主館に向かった。

だがそこで彼を待っていたのは、クーデター政府の送り込んだ刺客と、人質に取られた

パトリックの姿。

　ふたりは命からがら逃げ出すが、すぐに追いつかれて、アーサーを庇ったパトリックは重傷を負った。ふたりとも殺されそうになり……ギリギリのところで、駆けつけた王党派の人間に助けられたのだった。

　そのとき初めて、アーサーは自分がカークランド王国のジェイムズ・フィリップ・カークランド国王とスカーレット王妃の第四王子だったことを知る。

　パトリックがどんな思いで彼を連れて逃げていたのか、そして、自分の命にどれほど多くの人の運命がかかっているのかも。

　アーサーは苦々しい思いで唇を噛みしめる。

　そんなアーサーに、デュークは穏やかな声で続けた。

「しかし、それも、ミス・グレース・シンフィールドに責任は問えません。彼女がそのきっかけを作り、その後どれほど愚かな行為を繰り返していたとしても」

　彼の言葉はもっともで、アーサーはうなずかざるを得ない。

「……わかっている」

「ならば、もう、あの女のことはお忘れください！」

　その瞬間、デュークの声に心臓を鷲掴みにされた。

　昨夜アーサーは、彼女に釈明の機会を与えたつもりだった。

『十年前のこと――話したいことはあるか？』と。

ところがグレースは、ひと言の謝罪もせず、

『会いたかった……アーサー、あなたに……会い、たかっ……た』

それは、胸の奥から絞り出すような声だった。心からの真実に聞こえ、危うく、彼女の手管に落ちそうになったのだ。

（懲《こ》りないな、私も。学習能力がなさ過ぎる）

すぐに自分を律したが、それをデュークに見透かされたようで、わざと怒りに任せた声を出した。

「ほう、それではまるで、私がまだあの女に未練があるような口ぶりだな」

「いえ……失言でした。お許しください」

アーサーの機嫌を損ねたことに気づいたのだろう。デュークはすぐに、深々と頭を下げる。

だが、アーサーの中には消せない罪の意識があった。

十年前、一番愚かで、一番許せない人間――それはアーサー自身だ。

パトリックが死んだのは、他の誰のせいでもない。恋に溺れ、グレースに夢中になったアーサーのせいだった。

クーデター政府が彼の首に賞金を懸けていたことも知らず、禁じられていたファースト

ネームと、カークランド王国出身であることまで言ってしまった。

だからこそ、せめて、グレースの愛だけでも本物であってほしかった。

本格的な内戦が始まる前に、と命がけでオークウッド州に戻ったのもそのためだ。

それなのに、彼女の愛も偽りで、十五歳の少女に手玉に取られたとわかったときの衝撃は——。

「グレースを自由にしてやるつもりはない」

「陛下っ！」

「彼女の罪は、私を騙したことだ。あの女を裁くのは、神でもなければ、ナタリー女王でもない。この私だ！」

アーサーがそう宣言したとき、温室の扉が開き、アーサー付きの侍女が駆け込んできた。

デュークはさっと身体を動かし、アーサーを守るように立つ。

「国王陛下に申し上げます！」

「何があった？」

「陛下の寝室でお休みいただいておりました、ミス・グレース・シンフィールドのお姿が見えなくなりました！」

侍女は地面に膝をつき、祈るような仕草をして叫んだ。

一瞬、唖然としたが、アーサーはすぐさま冷静さを取り戻す。

「申し訳ございません。あの……女王陛下にご報告いたしますか？　すぐに門を閉鎖すれば……まだ、外には出られていないかと」

アーサーの逆鱗に触れることが恐ろしいのか、侍女は必要以上におどおどしていた。

理由は明白で、カークランド王国の新国王ウィリアムは、冷酷無比と恐れられているためだった。

クーデター政府に加担した者は一族郎党を処刑し、国外に逃げ出した者は執拗に追跡した。そして、人道的立場を建て前に、自国に逃げ込んだ者を匿《かくま》った小国にまで宣戦布告し、引き渡しを拒むと実際に攻め込んだのである。

両親と三人の兄を殺されたのだから無理はない。新国王のような冷徹さがなければ、国民は安全に暮らせないという声も多い。

その反面、家族を喪ったせいで、国王に必要な慈悲の心まで失っている。正気を取り戻してほしい、という声もチラホラあった。

だが今のアーサーに、その声を聞く気など毛頭なく……。

「いや、追わなくていい。放っておけ。女王への報告も不要だ。――下がれ」

侍女はそそくさと温室から出て行く。

アーサーはデュークのほうに向き直った。

「――ちょうどいい。離宮のアレを使え」

「はい。承知いたしました」

いろいろと不満はあるようだが、それでもデュークはアーサーの期待に応え、即答したのだった。

☆　☆　☆

グレースは王宮近くで辻馬車《フィアクール》を停め、急いで乗り込んだ。

ラベンダー色のドレスのあちこちに汚れがある。緑の芝もついていて、糸のほつれもあった。二階から投げ落とされたのだから、それも当然だろう。

彼女が昨夜と同じドレスを着て、王宮から出られたのは奇跡のような偶然からだった。ドレスを見つけてくれたのが、男性の園丁でも、カークランド王国から来た侍女でもなかったためだ。

もし、園丁が見つけていたなら、彼らの身分では建物の中まで入ることができない。そして男性がドロワーズやペティコートを拾ったら、きっと大騒ぎになっただろう。

その一方で、カークランド王国から来た侍女なら、それがグレースの衣裳だと気づいても……まず、アーサーに報告したに違いない。

無事にグレースの手元に戻ってきたのは、偶然にも仕事を終えた王宮の女官が見つけてくれたおかげだった。

ドレスを拾った女官は、グレースが舞踏会で着ていたドレスであることに気づいた。真上はウィリアム国王に割り当てられた国賓用の客間――グレースの身に何かとんでもないことがあったのでは、と思ったらしい。

もしウィリアム国王が部屋を使っているなら、カークランド王国から同行した衛兵が部屋の周囲を警備しているはずだ。

そう思ってそっと訪ねてくれたところ、部屋にはグレースひとりだった。

親切な女官にグレースが口にしたことは、

『この部屋で着替えて休むよう言われ、着替えたところ……目が覚めたら、ドレスがなくなっていて驚きました。きっと、風で飛ばされたのでしょう。助かりました。でも、恥ずかしいので、どうかこのことはご内密に……』

その釈明に、女官は首を傾げながらも、グレースの微妙な立場を察してくれた。

(まあ、当然よね。そんなことあり得ないと、わたしでも思うわ。きっと、嘘をついていると思ったことでしょう……女王陛下に、報告されないといいのだけれど)

誰にも言わない、と約束してくれたが……。

ただ、あの客間はアーサーに与えられたものだ。アーサーは女王が招いた国賓であり、カークランド王国の王。下手なことを言って責任問題に発展したら、女官のほうもただでは済まなくなる。

そんなグレースの推測があたっていたのだろう。

女官は誰にも内緒で着替えまで手伝ってくれた。そして厄介者でも追い払うように、裏門からこっそり外に出してくれたのだった。

(助かったわ。あのままだと、考える時間を与えてもらえるどころか、家にも帰してもらえず、カークランドまで連れて行かれたはずだもの)

どうにか冷静になろうと、いろいろ考えるが……まだ、再会の衝撃が抜けない。

その間にも、彼女が指定したハンクス邸近くの路地裏に到着し、グレースは辻馬車から降りた。

御者はいやらしい目でグレースの全身をじろじろと見ている。

舞踏会用のドレスは胸元が大きく開き、両肩が剥き出しになっているのだ。こういったドレスを着たまま外を歩くときは、ショールを羽織るのが普通だった。

もちろんグレースも、昨夜、王家の馬車から降りたときは羽織っていた。

彼女は御者の目から逃れるように、全速で走り、ハンクス邸に駆け込んだのである。

屋敷の中に入るのもひと苦労だった。

ハンクス邸では男性の使用人を雇う余裕はなく、三人の使用人はすべて女性だ。男性の使用人を雇うと、それだけでとんでもない額の税金を取られてしまうせいである。

料理人《コック》を兼任する家政婦《ハウスキーパー》のマージョリー・バークスが四十代で一番長く勤めており、女中《メイド》のヴィヴィアンとローレッタのふたりはグレースよりも若い。

ハンクス邸の場合、家の鍵《かぎ》を持っているのはマージョリーなので、彼女に開けてもらわなければ中には入れない。

グレースは扉を叩いて、朝早くからマージョリーを起こし、鍵を開けてもらった。

「まあ！　グレースお嬢様、いったい、どうなさったのです!?」

扉を開けながら、マージョリーは驚きの声を上げる。

だが、グレースには説明のしようがなかった。

「それは……わたしのことはともかく……ねえ、マージョリー、伯母様は王宮から帰ってこられたかしら?」

質問に質問で答えるなんて、と思わないでもないが、今回はどうしようもない。

ダンスが終わるなり、グレースは大広間から連れ出された。あのあと、エミーがどうなったのか、何も知らないのだ。

(アーサーは、わたしが王宮に留まることを伝えたと言っていたけれど、もし伯母様も、王宮に留まるように言われていたら？　わたしが逃げ出したことで、伯母様にとんでもない迷惑をかけてしまうかもしれないわ)

するとマージョリーは首を捻《ひね》りながらも、しっかりとうなずいた。

「はい、お戻りですよ」

グレースはホッとしながら、さらに尋ねる。

「よかった。あの、伯母様はわたしが戻らないことを……なんて？」

「そうでございますねぇ。グレースお嬢様は、いよいよ、カークランド王国に嫁ぐことになりそうだ、とおっしゃっていました。それで――」

時間がないので、今夜中に結婚について話し合うことにした。ウィリアム国王も立ち会うので心配はいらない。グレースのことは、ハンクス邸まで責任を持って送り届ける。

エミーはデュークから直接そう言われ、おとなしくひとりで帰ってきたらしい。

「でも、こんなに早く王宮を出てこられたのですか？　それに、馬車が玄関前に停まった気配もなかったのですが……」

まさか、行きは王家の馬車だったのに、帰りは辻馬車だった、とは言えない。

「事情があって、朝一番に王宮から出てきたのよ。あの……部屋に戻って休んでもいいかしら？　王宮の舞踏会なんて初めてで……それに、女王陛下やカークランドの新国王様にもお目通りして、疲れてしまったから……」

それは嘘ではない。グレースは本当に疲れていた。

昨夜のことを思い出すだけで、何もかもが混乱して、泣き叫んでしまいそうになるくらいに――。

一分でも早くひとりになりたい。今も、立っているだけで精いっぱいだった。

「ええ……もちろん、ゆっくりお休みくださいませ。でも、グレースお嬢様？　ひょっとして、王宮でドレスを……」

マージョリーはとても機転の利く女性だった。

おそらく、ドレスを脱いだのか、と尋ねかけ、よくない想像をしてやめたのだろう。

彼女は二十歳そこそこで陸軍兵士と結婚した。ところが、半年後には戦死の一報が届いたと聞く。子供は授からず、再婚もせず、未亡人としてハンクス邸に勤め続け……気づいたときには二十年が過ぎていた、と笑いながら話してくれたことを思い出す。

七年前、グレースがこの屋敷に来たとき、その理由をしつこく尋ねるでもなく、エミーともども優しく受け入れてくれた女性だ。

アーサーが消えて三年が過ぎ、あのころのグレースは悲しみと苦しみの中にいた。

父が亡くなったことで結婚を強要されることもなくなり、ホッとしていたが……。ダリルという継父ができたことで、領主館に暮らすこともできなくなった。

ダリルはグレースに結婚相手が現れて、夫となる男に子爵位を奪われないよう、彼女の評判を落とすことに躍起になる。

十五歳のころのグレースが、子爵家の馬丁に恋をして追いかけていたことは、領主館近くの村では周知の事実だった。いろいろな憶測とともに彼女の噂も流れており、ダリルはそれを利用したのだ。

〝シンフィールド子爵家の恥知らず〟と呼ばれた前子爵の悪行を、まるでグレースのことのようにすり替えていった。

そして、悪い噂ほど広まりやすいもので……。

『あなたのせいで、子爵家の評判は悪くなる一方だわ。このままではホリーまで悪く言われてしまうでしょうね。あなたはそれでも平気なの？』

ホリーのことを持ち出されたら、グレースは強く出られない。

『新しいお父様は、あなたに出て行ってほしいの。それくらい、わかるでしょう？　わたくしとホリーの面倒はみてくださると言うのだから……。それに、あなたは〝シンフィールド子爵家の恥知らず〟に違いないじゃないの』

母に言われたことを思い出し、アーサーの言葉の意味に気づく。

彼はきっと、オークウッド州に流れるグレースの噂を聞いたに違いない。

（アーサーは、どんな噂を聞いたの？　ダリルお父様が流した噂だけ？　それとも……

ローラは、どこまで話したのかしら？）

乳母のローラはアーサーがいなくなったとき、グレースを慰めてくれた。

だが、グレースが未婚のまま、すべてを捧げてしまったことを知ると、態度を一変させ——。

「グレースお嬢様、ご気分でも悪いのですか？　お医者様を呼んで参りましょうか？」

ハッとして前を向くと、マージョリーが心配そうに彼女の顔を覗き込んでいた。グレースの様子やドレスの乱れから、彼女はきっと何かを察したのだと思う。

だが、知られてはダメだ。

今のグレースの年齢なら、相手が既婚者でさえなければ、気軽に楽しんだと言っても許される範囲だ。評判は落ちるだろうが、結婚しないのだから気にすることもない。

しかし、相手が一国の王となれば、意味が違ってくる。

どう考えても『気軽に楽しんだ』で済む相手ではないだろう。だからといって、結婚も考えられない。その証拠にアーサーも言っていたではないか。

『まさか、十年前の求婚が有効だとでも？』

あれが、ふたりの恋の結末なのだ。

グレースは懸命にいつもと同じ微笑みを浮かべ、

「いいえ、なんでもないわ。マージョリー、伯母様には、わたしがこんなに朝早く帰ってきたことは言わないで。これ以上、心配はかけたくないの。お願いよ」

「わかりました。では、ひとつだけお聞かせください。グレースお嬢様は結婚して、カークランドに嫁がれるおつもりですか？」

唇をキュッと噛み、少し迷ってグレースは答えた。

「わからないの。何が起こっているのか、自分でもまだ、わからないのよ」

それ以外には答えられず、自分が泣き笑いになっていることに気づく。ちゃんと笑おうと思うのだが、奥歯を噛みしめ、涙を堪えるのが精いっぱいだ。

すると、マージョリーがグレースの手をギュッと握ってくれた。

「グレースお嬢様はいつも歯を食い縛って、何かに耐えておられるご様子。どうか、ご自分の幸せもお考えになってくださいませ。若いときはあっという間に過ぎて、すぐに私のようなおばあちゃんになってしまいますよ」

領主館の空気は真夏でも冷え冷えとしていた。使用人と家族はきっちり線引きされ、女中と親しく会話することすらなかったせいかもしれない。

だが、ハンクス邸の空気は温かい。

手の温もりが伝わってきて、グレースは必死に我慢した。

「ありがとう。でも、わたしは大丈夫よ。大切な人がいて、その人の幸せが何よりも優先なの。だから、わたしは平気」

そう答えると、グレースは寂しげに微笑んだ。

重い身体を引きずるように二階へと上がった。

扉を押し開け、自分の部屋に入る。そして、ひとりきりになった瞬間——グレースは床の上に崩れ落ちた。

膝に力が入らない。

瞳からは、大粒の涙が溢れ出していた。

十年間、思い続けたアーサーに、こんな形で再会することになるなんて……。

ひょっとしたら、父がならず者を雇って、彼の命を狙ったのではないかと心配していた。グレースを置いて行ったのではなく、迎えに来てくれないのではなく……もう、生きていないのかもしれない、と。

その不安だけは決して口にせず、心の奥深くに隠して生きてきた。口にしてしまったら、本当のことになりそうで怖かったのだ。

アーサーと生きて出会えることができて、本当によかった。

それはよかったのだが……グレースはまた、彼に抱かれてしまった。

話さなくてはいけないことがいっぱいあったのに、長年会えずにいた思いが募り、求められるまま応じていたのだ。

（でも、話しても……聞いてもらえたかどうか、わからないわ）

座り込んだまま、グレースは床に置いた手を握りしめる。

『パトリックを殺したのは、おまえたちだと言ったんだ！』

『今以上に落ちぶれ果ててもらうぞ』

『十年前に犯した罪を償ってもらう――その躰で』

アーサーから立て続けに言われた言葉を思い出し、身体が小刻みに震える。

あのパトリックが亡くなっていたとは。それも、アーサーの言葉どおりなら、パトリックの死にグレースと彼女の父が関係しているという。

だが、グレースには全く心当たりがなかった。

考えられるとすれば、やはり、父がならず者を雇ってアーサーを襲わせたのだろうということ。そのせいでパトリックが死んでしまったのかもしれない。

（お父様にとってわたしは、たったひとりの後継者だったから……）

アーサーのことを追い回さず、父が次の子爵にふさわしいと思う男性と、おとなしく結婚すればよかったのだ。

そうしていれば、父が乱暴な手段を使ってまで、アーサーたちを追い払おうとはしなかったはず。

自分が、我がままで、愛する人の幸せも思いやれない愚かな娘だったせいだ。

パトリックの死が想像どおりなら、グレースにも責任はある。

「そ……の、ときは……アーサーは、わた……しを許さないわ。まさか……そんな……どうしたらいいの……？」

嗚咽の中、グレースは声にせずにはいられなかった。

たとえ使用人相手とはいえ、父が人の命を奪うまでのことを、本当にするとは思わなかった。悲しくて、悔しくて、許しがたいほどの憤りを感じる。

『おまえは私が飽きるまで、国王専属の娼婦にしてやる』

アーサーが尋常ではないほどの怒りを見せても無理はない。

グレースにできることなら、どんな償いでもする。だが、この国を離れることだけはできないのだ。

シェリンガム市に住み、彼がこの国を訪れたときだけ……。

(アーサー専属の娼婦になる、の？)

そう思った瞬間、胸に重石が載せられた気がした。

抱かれることは同じでも、愛し合う行為と、愛もなく何かの代償に身体を捧げることとは全然違う。

グレースにとっては屈辱的な提案だが、それすらも認めてくれるとは限らない。

アーサーから、どうあってもカークランド王国まで連れて行くと言われたら？

そのときは、アーサーに――いや、ウィリアム国王に逆らってまで、グレースを助けてくれる人間はいないだろう。

（逃げることはできないわ。でも、そうなったら……）

グレースは床に突っ伏して、涙が涸《か》れるまで泣き続けたのだった。

☆　☆　☆

夕方――招かれざる客が、ハンクス邸を訪れる。

グレースは朝からその時間まで、食事はすべて断り、部屋に籠《こ》もっていた。

太陽が中空まで昇り、少しずつ傾いていくのをボンヤリと眺める。もう泣けないと思っていても、しばらくすると悲しみが込み上げてきて、また涙が溢れてきて……。

その繰り返しだった。

ドレスはさすがに綿のデイドレスにひとりで着替えたが、髪はほどいたまま、結い上げる気力すら湧いてこない。

ずっと……ずっと彼のことだけを思い続けてきた。もし、アーサーが生きていて、彼女を迎えにきてくれたなら、すべての問題が解決する。

みんなが幸せになれるはずだ、と——そう信じていた。

だが、実際にアーサーと再会してみれば、グレースの置かれた立場は複雑になっただけだった。

そのとき——激しく扉が叩かれた。

今日一日、誰かが扉の前までやってきては、グレースに優しい声をかけてくれた。ありがたく思いながらも、泣き顔を見せるわけにはいかなくて、扉を開けることすらできなかった。

だが今回は様子が違う。

「グレースお嬢様！　大変でございます!!」

扉の向こうにいるのはマージョリーらしく、彼女はとにかく焦っているようだ。これまでと違って、何がなんでも出てきてほしい、といった叩き方に感じる。

その瞬間、アーサーが来たのだ、と思った。

彼にグレースを見逃すつもりは一切ないのだ。とにかく、今は逆らわず、少しでも彼の怒りが静まるのを待つしかない。

グレースは覚悟を決めた。

とりあえず、人前に出られる程度に身支度を整え、一階に下りていく。すると、そこにいたのはアーサーではなく、デュークだった。

（さすがに、国王様が判事未亡人の屋敷には来られなかったのね……でも）

いったい、どうしたというのだろう。

マナーを気にするエミーには珍しく、客人を応接室にも通さず、玄関で立ったまま話をしている。

「お待たせいたしました。あの……」

グレースは声をかけようとして、口を閉じた。そこには異様な空気が漂っている。エミーは青褪めており、グレースの話を聞くどころではない顔つきだった。

おそらく、マージョリーからグレースが帰ってきたときの様子を聞いたのだろう。彼女の頭の中には、デュークに対する不信感が渦巻いているのだと思う。

それは誤解だと言いたいが……。

（サー・デュークではなく、あれはアーサーが……なんて、とても本当のことは言えないわ）

今朝のグレースは、たしかにまともな格好ではなかった。それも、たったひとりで王宮から辻馬車に乗り帰ってきたのだから、貴族の娘としてあるまじきことだ。

ここでグレースが言い訳をしたり、デュークのことを庇ったりすれば、エミーはよけいに彼を悪人のように思う気がする。

「サー・デューク・ノエル、このたびのお話、グレースともども非常にありがたいことと感謝しております。ですが、こうもお急ぎになるのも、いかがなものでしょうか？　グレースは私にとって、実の娘も同然。やはり結婚の際は、人並みのことをしてやりたい、と思っております」

エミーはデュークを責めるように言葉を重ねる。

だが、デュークが昨夜の出来事を知っていた場合、それをエミーに話されて困るのはグレースのほうだった。

グレースはゆっくりとエミーに近づき、彼女の言葉を遮るように声をかける。

「あの、伯母様……サー・デュークはなんと？」

「ええ……それがね。帰国が二日も早くなり、明日の昼にはシェリンガム市を出発されるとおっしゃるの。だから、あなたについて来てほしいって。でも、結婚式も挙げずに同行するなんて……」

昨日までは、エミーも今回の縁談を喜んでくれていた。

しかし、これほど急かされては、さすがに何かあると思ってもおかしくはない。異国に嫁がせることにも不安が大きくなったようだ。

それでも女王の推薦がある縁談。エミーのほうから断るということは、彼女が社交界から退くことを意味する。

今のグレースがあるのは、すべてエミーのおかげだ。

彼女にこれ以上の迷惑をかけるわけにはいかない。できる限り、穏便に……それでいて、時間を稼げるなら、と考えてしまう。

「わ、わたしも、そう思います。いえ、決してお断りするというのではなく、いろいろな準備のためにもお時間をいただけたら……」

「ミス・シンフィールド――あなたも昨夜、お聞きになったはずです。このたびの結婚、我が主君ウィリアム陛下のご意向を汲んでのこと。ここで、詳しく話しましょうか？」

いきなり会話を遮られ、デュークの言葉の内容にグレースは息を呑んだ。

（これは……脅迫？　寝室であったことを話すって……ああ、でもそれって、やっぱりサー・デュークは知っているということだわ。わたしとアーサーの、いいえ、陛下との間に何があったのかを）

青くなったあと、グレースは耳まで赤く染めた。

そんな彼女の顔色を見て、デュークの硬い表情が少しだけ和らぎ……。彼のほうからグレースに一歩近づいた。

「ふたりきりで、お話ししたいことが」

「いえ、それは……」

仮にデュークが婚約者として認められた相手だったとしても、付添人《シャペロン》もなしにふたりきりでは過ごせない。

昨夜は王宮だからこそ、女官や侍従が立ち会うと思われて許されたのだ。

「陛下のお言葉を伝えなくてはならないのですが、人前ではあなた自身がお困りになるのでは？」

「それなら……あえて、聞かない、ということもできますね」

グレースの返答にデュークは初めてたじろいだ。

流されるまま、言いなりになる女だと思われていたのだろう。

たしかに、目の前に立つのがアーサーなら、グレースは逆らえなくなる。それは彼が国王だから、ではなく、愛する人だから。

デュークが相手であるなら、グレースはいくらでも強くなれるのだ。

「逃げるつもりはありません。ただ、時間をいただけませんか？　このまま、突然この国から姿を消すような真似はできません。わたしには……責任があるんです」

小さな声で、でもはっきりと、デュークの目を見て答えた。

その瞬間、淡褐色の瞳に動揺が浮かび……だが、すぐに消えてしまう。

「そうですか。では、仕方ありませんね。妹さんにかかわることだったのですが……」

思いもよらなかったことを言われ、グレースはとっさに叫んでいた。

「妹って……ホリー？　ホリーに何をしたんですか⁉　あの子にはなんの関係もないことです！」

グレースが声を荒らげたため、エミーやマージョリーたちだけでなく、デュークの従者《ヴァレット》も目を見開いている。

「どうしたのです、グレース？　ホリーがどうしたというの？」

エミーは心配そうに尋ねてくる。

だが、グレースにすれば、それどころではなかった。

アーサーは彼女に罪を償わせると言っていた。しかし、そのためには、どんな卑怯な手段も厭わない、といった男性ではないと信じていたのだ。

「いえ……なんでもないんです。伯母様、わたし……伯母様のご自慢のお庭を、サー・デュークにご案内してきますね」

「そう、では、マージョリーを連れてお行きなさい」

「いいえ、ひとりで……」

チラッとデュークの顔を見ながら答える。

彼の表情は変わらないが、たしかに『ふたりきりで』と言った。

「ひとりで、大丈夫です。付き添いはいなくても、見通しのよいお庭ですもの」

「ええ、そうね。でも、日陰棚《パーゴラ》もあって、この時期、緑が多くなっているのよ。いくら屋敷の庭とはいえ、人目につかない場所も……」

「伯母様！　サー・デュークは、国王陛下の側近なのですよ。この国で問題を起こせば、ご自身だけでなく、陛下とカークランド王国の名前にも傷をつけることになります。彼は、そのことをよくご存じですわ」

それはエミーにではなく、デュークに念を押すつもりで口にした。

彼もそのことに気づいたらしく、

「もちろんです。陛下より賜った騎士爵の名誉に懸けて、自分がミス・シンフィールドを傷つけることはありません」

右手を胸に当て、芝居がかった態度で宣言する。

そして、エミーがふたたび異論を唱える前に、グレースはさっさと母屋の廊下を通り抜け、裏庭へと向かったのだった。


裏庭に一歩足を踏み出し、石畳の小道を辿って歩き始める。

未亡人のエミーのもとを訪れるお客様は、当然ながら女性ばかりだ。貴婦人たちが履いている子ヤギ革のシューズは、そのほとんどが柔らかい靴裏になっていた。土の上を歩くのには向かないが、それが身分の高さや裕福さを示しているので、外歩きができなくても皆、そういった靴を履いてくる。

そんなお客様にも裏庭を散策してもらえるように、というのが石畳の小道だった。

美しい花々を囲むように綺麗に磨かれた石畳が敷かれている。

さらには、日傘を持たずに済むよう、母屋から少し離れた辺りから、石畳の上は日陰棚で覆われていた。

初夏のこの時期、木々の緑は縦横無尽に枝や葉を伸ばし、日陰棚にも巻きついて石畳の温度を下げてくれる。巻きついたつる薔薇は、周囲からの目隠しにもなる上、よい香りを裏庭中に漂わせていた。

グレースもコットンの室内履きのまま石畳の上を歩く。

夕陽は西の空に消える寸前だ。

眩しい朱色の光から逃れるようにして、グレースは日陰棚の下に入った。

「サー・デューク、陛下のお怒りはもっともです。でも決して、陛下やパトリック……ミスター・ノエルを傷つけるつもりはなかったのです。ましてや、命まで……」

デュークがノエルの姓を名乗ったのは、アーサーやパトリックのことを思い出させる目的だったのかもしれない。

そんなふうに思ったが、このときのグレースにそれを聞く余裕はなかった。

「先ほども申しましたとおり、わたしは逃げも隠れもいたしません。ですから……」

すると、彼女の訴えを退けるように、デュークはスッと掌を翳《かざ》した。

「自分に何かを期待されても、無駄なことです」

そんなふうに言われては、これ以上、頼むことなどできなくなる。

「では、陛下のお言葉を伝えます。――あなたがカークランド王国で寂しい思いをしないよう、ミス・ホリー・シンフィールドにもご同行をお願いしました。もし、あなたがお断りになった場合、あなたの代わりを妹さんにお願いすることになる、と」

「あの子はまだ九歳なんですよ!?　サー・デューク……あなたは、九歳の少女に求婚するおつもりですか!?」

憤りを露わにするグレースとは逆に、彼はしれっとして答えた。

「はい、表向きは」

「まさか、そんなこと……アーサーがホリーに……」

デュークの言う『あなたの代わり』とは、彼の婚約者として連れて帰るということだけではなく、昨夜、グレースにしたようなことを、ホリーにもする、ということなのだ。

グレースは一瞬で眩暈を感じ、足元がふらついた。

そんな彼女を支えようと、デュークが手を伸ばしてくれたが――王命とあらば、九歳の少女にも求婚する、という彼を恐ろしく感じて、とっさに振り払う。

「触らないで！　なんていうこと……ホリーのことを、そんな目で見るなんて……」

「お待ちください。自分もそうですが、陛下は妹さんのことを、すぐにどうこうするとは言っておられません。ただ……六年も待てば、問題はないだろう、との仰せ」

九歳のホリーだが、六年後には十五歳になる。それは、グレースがアーサーと結ばれた歳だった。

だがそれでも、彼女にとってはなんの救いにもならない。

「ダメ、それは……それだけは、絶対にダメなのよ。ホリーは……ホリーだけは……」

「ならば無駄な抵抗はせず、自分について来てください。妹さんはすでに、オークウッドの領主館にはおられませんので」

グレースは息を呑んでデュークの顔を見る。

「どこですか？　あの子を、どこに連れて行ったのっ!?　母は……そう、母がそう簡単にあの子を手放したりは……」

普通の母親なら、子爵家の体面を考えても、わずか九歳の娘を簡単に手放すことはしないだろう。

普通なら……。

「お姉さんがカークランドの貴族に嫁ぐことになったので、妹さんにもご同行いただきたい。持参金は不要、逆に支度金をお支払いすると申し上げたら、シンフィールド子爵夫妻は喜んで、おふたりのカークランド行きに賛成してくださいました」

ホリーの話は、彼女をアーサーのもとに行かせるための嘘ならいいと思っていた。

だが母だけならともかく、継父のダリルにまで話を通してあるとなれば別だ。

ダリルなら、継娘のふたりが揃っていなくなると聞けば、諸手《もろて》を挙げて賛成するだろう。支度金までもらえるのなら、なおのこと。

急いでホリーのもとに行かなくてはならない。

今のホリーに、アーサーが何かをするとは思えない。だがグレースが彼を怒らせたら、いや、幼いホリーが彼の逆鱗に触れるようなことをしたら?

昨夜のアーサーの激昂ぶりから考えると――パトリックを死なせた罪の償いに、妹の命を奪う、と言い出す可能性もないとは言えないのだ。

あるいは将来、万にひとつ、彼がホリーに興味を持ったら……。

(ああ、もしそんなことにでもなれば……アーサーに、神の教えに背く大罪を犯させてしまうわ)

グレースは口元を押さえたまま、石畳に膝をつく。

彼女の恐れる理由はひとつしかない。

ホリーは九年前、十六歳のグレースが産んだ娘――アーサーの娘だった。

第四章　幸福の幻影

シェリンガム市から北に馬車で約一時間、小さな森の奥にル・ブラン離宮があった。

マリガン王国の二代前の王妃がル・フォール王国の出身だったためだ。当時の国王は王妃のために、祖国の建築様式を模したル・ブラン離宮を建てさせたという。

今は南部の海沿いに新しい王家の離宮を建てたため、この離宮は、長期滞在する国賓や公賓のために使っていると聞く。

正門から玄関扉まで、アプローチの左右には篝火《かがりび》が灯されていた。

シェリンガム市内にはすでにガス灯が広まっている。だが、この辺りまではまだガスが通っていないようだ。

柱や玄関の上に設置されたバルコニーにも、ル・フォール風の微細な彫刻が施されている。きっと明るい中であれば、訪れる者の目を楽しませてくれることだろう。

夜の闇を割るように両開きの扉が大きく開かれた。グレースが一歩入ると、そこは昼間のように明るかった。

そして、次の瞬間――。

「お姉様ーっ！」

グレースによく似た亜麻色の髪をなびかせ、ホリーは姉の顔を見るなり駆け寄ってきた。


年に二回、多くて三回。グレースがホリーに会うことができるのは、たったそれだけしかない。

母がオークウッドの領主館から、シェリンガム市のタウンハウスに出てくるとき、ホリーも一緒に連れてきてくれるときだけだ。

そのたびに、グレースは働いて貯めたお金を渡していた。

『わたくしのために必要なお金ではないのよ、グレース。ダリルにとって、ホリーはあなたと同じ厄介者ですもの。お父様は……どうしてか、ホリーを手放そうとはなさらなかったけれど』

未婚の貴族の娘が、父親のいない子供を産む。

それはこの国において、許されないことだった。本来なら、グレースは勘当され、家を追い出されていてもおかしくない。

ただひとりの後継ぎ娘であったグレースを、父は手放すわけにはいかなかったのだと思う。

だが、生まれてくる子供は別だ。

もちろんグレースは父に、

『なんでも、お父様のおっしゃるとおりにしますから』

そう言って、子供を修道院にやらないよう頼んだ。

貴族の身分も与えられず、私生児として修道院に送られてしまったら、そんな子供が生き延びる可能性は恐ろしいほど低い。最悪の修道院にあたってしまったら、引き渡した直後に首を捻って殺されてしまうと聞いたこともあった。

子供はアーサーから与えられたかけがえのない命――宝物だ。

ふたりの愛が、たしかに存在したという証だった。

彼が迎えに来てくれるまで、グレースが命に代えても守らなくてはならない。その一念だったが、父は思いのほかあっさりと、グレースに出産を許してくれたのである。

アーサーは半年後、危険を冒してまで彼女を迎えに来てくれたという。しかしグレースはどこにもおらず、

『両親と一緒に、南のル・フォール王国に旅行中』

彼はそう聞いたと言っていた。

だがそれは、決して物見遊山に出かけたものではない。グレースのお腹が目立たないうちにオークウッドを離れなければならなかったせいだ。

そして帰ってきたとき、生まれたばかりのホリーを抱いていたのは……旅行中に妊娠がわかり、旅先で次女を産んだことになっていた母のノーリーンだった。

ローラが解雇されたのは、グレースの妊娠がわかったときだ。

父は、乳母としてグレースの最も近くにいながら、アーサーのもとへ行くことも止められず、ふしだらな関係になっていることも見抜けなかった、すべてがローラの監督不行き届きだ、そう言って責任を追及したのだ。

彼女を屋敷から追い払い、グレースの妊娠を他言すれば、ローラの子供たちや兄弟姉妹までオークウッド州で暮らしていけなくなると脅した。

グレースはローラに申し訳ないと思いながらも、お腹の子供を人質のように言われては逆らえない。黙って父に従うしかなく……。

そんなグレースの姿を、ローラは汚らわしいものでも見るような目で見ながら、何も言わず領主館から出て行った。

ローラはアーサーが調べさせたとき、グレースのふしだらな行為は口にしただろうが、子供に関することは言わなかったはずだ。

それを口にしてしまえば、家族がどうなるかわからないのだから。

しかし、父がそこまでグレースの子供を守ろうとしてくれたことだけは、彼女も不思議に思っていた。

考えられることといえば——。

（お父様は、男の子が生まれることを願っていたのだと思うわ。でも、生まれてきたのが娘でも、修道院に入れるとはおっしゃらなかったのよね）

母も同じことを思っていたらしい。

『お父様も、娘だとわかれば、修道院に入れてくだされればよろしいものを。子爵夫人のわたくしが、あんな馬丁の子供を我が子と呼ばなくてはいけないなんて……』

当たり前かもしれないが、母はホリーの面倒をすべて乳母に任せた。

出産直後はグレースが母乳を飲ませてやれたが、オークウッド州の領主館に戻ってからは、そういったことは全くできなくなった。

少しでも世話をしようとすれば、父から烈火《れっか》のごとく叱られたのだ。

『真実が世間に知れたら、白い眼で見られるのはおまえだけではない。子爵家も同様だ。ホリーに至っては、この家から追い出すことになるんだぞ！』

グレースは館の全員が寝静まった真夜中、両親や乳母たちの目を盗むようにして、こっそりとホリーの顔を見に行った。

そのとき、まるでグレースが現れることを待っていたかのように、ほんのしばらくの間だけ、ホリーはパッチリと目を開いてくれる。

アーサーそっくりの漆黒の瞳をクリクリさせ、決して泣かずにジッとグレースの顔を見つめてくれて――。


苦しいときは、ホリーの愛らしい瞳を思い出し、グレースは頑張ってこられたのだ。

彼女が思い出に浸っていると……そこに、ホリーが飛びついてきた。

「ああ、嬉しい！　本物のお姉様に会えるなんて！　ダリルお父様やお母様が笑顔で送り出してくれたから、ひょっとしたら……あたし、仔牛《こうし》のように売られたのかもしれない、なんて思ってたの！」

ホリーは屈託のない笑顔で言う。

まさか、ほとんどそれに近い状況、とは言えず……。

グレースはホリーの顔を覗き込み、曖昧に微笑んだ。

「だってね。お姉様に会わせてくれるっていうだけでもすごいことなのに……。これからは、ずーっと、お姉様と一緒に暮らせるっていうのよ。でも、この国ではないんですって。どこに行くのかしら？　お姉様は知ってる？」

大好きな姉の顔を見たとたん、ホリーは止まらなくなったように話し続ける。かつてのグレースのように、とてもおしゃべりでお転婆な娘だった。

ホリーはおしゃべりを続けながらグレースの手を引き、階段横《ステアケース》の白い扉まで引っ張っていく。

おそらく扉の向こうは広間《サルーン》になっているのだろう。

「ねえ、ホリー、それはともかく。お母様と離れて、怖い思いはしなかった？　誰にも、酷《ひど》いことはされてない？」

「平気よ。だって、アーサーが傍にいてくれたもの！」

「え……？　ア、アーサーって……」

グレースが絶句したとき、扉の内側から声が聞こえてきた。

「可愛らしい娘だ。おまえによく似ている。だが、あと六年もすれば、無垢な顔をした〝女〟に化ける。そうだろう、グレース？」

広間の中央に置かれたソファにゆったりと腰を下ろし、脚を組んでこちらを見ているのはアーサーだった。

今夜の彼は、リネンのチュニックに黒いトラウザーズ姿。王宮で会ったときに比べ、ずいぶんと身軽そうな格好をしている。

そして、前髪を掻き上げる仕草が昔と同じで懐かしく、グレースの胸をときめかせた。

(あんなに酷いことを言われたのに。悲しくて一日中泣いていたのに。アーサーの顔を見たら、それだけで愛し合った日々を思い出すなんて)

だが、その日々を取り戻すことはできない。

父の指示でパトリックが亡くなったのなら、彼は決してグレースを許さないだろう。ましてや、グレースを信じて迎えに来てくれたとき、オークウッドの領主館に彼女はいなかったのだから。

不在の理由が、ホリーを産むためだったと告げたら、彼は許してくれるだろうか?

だが、ホリーはシンフィールド子爵ハミルトンと、妻ノーリーンの次女として届けが出ている。

実の母親がグレースだという証拠もなければ、それ以上に、父親がアーサーだと証明する手段はないに等しかった。

(わたしのことを、専属の娼婦にすると言っていたわ。今の彼にはきっと、話しても信じてはもらえない。いいえ、もし信じてくれたとしても……この人はわたしから、ホリーを奪おうとするかもしれない)

そう思った瞬間、グレースは身震いした。

そのままホリーの両肩に手を置き、身体を揺さぶる。

「いけません、ホリー。この方はカークランド王国の国王陛下なのです。きちんと、陛下と呼ばなくてはダメですよ」

「でも……アーサーが……えっと、陛下が」

小声で言い訳を始めたホリーだったが、彼女の言葉を遮ったのはアーサーだった。

「かまわん。私が許した」

「おやめください、陛下。ホリーはまだ九歳です。陛下の言葉を真に受けて、人前でも親しげな態度を取らないとも限りません」

それでもし、ホリーが失礼を働いたと言われ、不敬罪にでも問われるようなことになれば、目も当てられない。

「無礼者はおまえだ、グレース！　身の程もわきまえず、私に意見するつもりか？」

アーサーの叱責に、ホリーの肩が震えた。

グレースはとっさに立ち上がり、ホリーを背後に庇う。

「申し訳ございません。わたしはともかく、ホリーには子爵令嬢として……ごく普通の幸せを手にしてほしいと思っておりますので」

遠回しに、ホリーを子爵家に帰してやってほしいと願い出たつもりだった。

そんなグレースにアーサーは当たり前のように答えたのだ。

「もちろんだ。将来、子爵令嬢にふさわしい結婚相手を、この私が探してやろう。ホリーの幸せはおまえしだいだ。私の言葉の意味を、わからないとは言わせない」

正面から睨まれては、グレースは口を閉じることしかできない。

そのとき、グレースの後ろから顔を出し、ホリーがアーサーに話しかけた。

「あの……陛下。あたし、お姉様と一緒にいたいんです。それだけで幸せなの。いい子でいますから……お裁縫もできるし、お料理もできるのよ。水汲《みずく》みやお掃除もするから、お姉様と一緒に連れて行ってください！」

信じられないホリーの言葉に、グレースはアーサーを無視して話しかけてしまう。

「ホリー！　今のはどういうこと？　オークウッドの領主館で、あなたは女中のような仕事をさせられているの？　誰がそんなことを……。お母様は何も言ってくださら……まさか、お母様が？」

「違うの！　自分でやってるの。あたしがお手伝いをすると、みんなの機嫌がよくなるのよ。だから、全然平気なの」

「……ホリー」

グレースは奥歯を噛みしめた。

継父のダリルはホリーの出生の秘密を知らないはずだ。

母も話していないだろう。グレースの名誉だけならともかく、自分の名誉を傷つけかねないことを、母が口にするはずがない。

何も知らない継父にとって、ホリーは先代子爵の次女だ。女中のように扱い、それが噂になれば逆に評判を落としてしまう。せいぜい、放置されるくらいだと思い、グレースは母に託して領地を出たのだ。

それなのに……。

「ほう。その歳で料理までできるのか。たいしたものだ。私の知っている女は、十五でスコーンのひとつも焼けなかったが……」

「アーサー！」

とっさに叫んでしまい、グレースは慌てて口を閉じる。

「お、おやめくださいませ。この子の前で、そんな話は……」

「もう遅い。喜べ、ホリー。おまえの姉も私をアーサーと呼んだ。おまえも呼んでいいと認めたようなものだ」

認めたつもりはなかったが、自分が口走ってしまった以上、強く反対はできない。

「ホリー、人前では陛下とお呼びするのですよ。でも、どうして、陛下のことをミドルネームで呼ぶようになったの？」

グレースの了解を得て、たちまちホリーは笑顔になった。

「それはね。えっとね、前に、騎兵隊のお馬さんを見たとき、お姉様が黒いお馬さんが好きって教えてくれたでしょう？」

去年会ったとき、王室騎兵隊の行進を見かけた。

馬を見ているとアーサーのことを思い出し、つい、子爵家の厩舎のことを、いろいろ話してしまったのだ。

アーサーに助けられたときのことや、毎日のように厩舎を訪ねたこと。アーサーの仕事を見ているだけで楽しかったことが胸に浮かび……。

『じゃあ、お姉様の好きなお馬さんってなんて言うの？』

ホリーの問いに、グレースは無意識のまま『もちろん、アーサーよ』と答えてしまう。

まさか、馬ではなく馬丁で……しかもあなたの父親の名前だとは言えない。

『く、黒くて、とても綺麗な目をしていたの。そう、たてがみも漆黒で……逞しい身体をしていて、誰より……いえ、他のどんな馬より美しかったのよ』

苦し紛れにそんなふうに話したことを、ホリーはしっかりと覚えていたらしい。

「アーサーの名前を聞いたとき、お姉様のお話を思い出したの。アーサーも真っ黒で、騎兵隊のお馬さんより綺麗だったから……アーサーって呼んじゃった」

瞳をきらきらと輝かせ、ホリーはアーサーに話しかけている。

彼は意外にもホリーの話に耳を傾け、

「なるほど。子爵家の厩舎には、私と同じ名の馬がいたのか。それは知らなかったな」

真面目な顔で相槌《あいづち》を打っている。

（あの顔は、絶対に気づいているわ。馬ではなく、自分のことだ、と。でも……ああ、やっぱり、なんて似ているの？）

髪の色や声、そして女の子らしい仕草から、ホリーはグレースにそっくりに見える。

だが、瞳の色や煌めき、そして顔立ちも……アーサーの少年のころを知っているグレースには、ふたりが重なって見えるくらいだ。

きっと、もっと幼いころのアーサーなら、十代のころ以上に似ていただろう。

そんなふたりが寄り添う姿を見て、グレースは涙が零れそうになった。

（いつか、こんな日がくればいい、と……そう願っていたはずなのに。でも、アーサーはもうわたしのことなんて愛してなくて、憎しみだけで連れて行こうとしているなんて）

そのとき、アーサーが指で手招きした。

グレースはそっと彼の後ろに回り込む。すると、彼はホリーに聞こえない声でささやいたのだ。

「私を馬呼ばわりして、妹と笑っていたのか？　いい度胸だな」

「そ……そういう、意味ではありません」

アーサーはスッと手を翳す。

すると、いつの間に広間の中に入ってきていたのだろう。扉の近くで控えていたデュークが素早く近寄ってきた。

「ホリーを部屋へ」

「はっ」

デュークは短く答え、ホリーを扉の外へと連れて行こうとする。

「あ、あの、お姉様は一緒ではないの？」

びくびくした様子のホリーに答えたのは、アーサーだった。

「グレースには務めがある。そのために、私の国に行くんだ。ホリー、おまえは姉と一緒に暮らしたいのだろう？　おまえが我がままを言うなら、グレースに罰を与えるぞ」

ホリーは大きな目をさらに大きく、そして丸くして、アーサーを見つめたまま驚愕の表情を浮かべた。

「大丈夫よ、ホリー。アーサーは、あなたがいい子だと知っているわ。わたしに罰を与えたりしないから、安心なさい」

グレースはとっさに、アーサーのことを庇っていた。

ホリーに彼を恐ろしい人だと思ってほしくはない。この先どうなるかわからないが、彼がホリーの父親である事実は変わらないのだ。

万にひとつ、彼がグレースに見切りをつけ、ホリーに代わりをさせようとしたときは、真実を話そう。命を懸けて伝えれば、きっと彼も信じてくれる。

何も知らないアーサーに恐ろしい罪を犯させ、最愛のホリーを傷つけるくらいなら、自分の命など惜しくはなかった。

彼がホリーを連れ出したのは、ホリーの父が先代子爵のハミルトンだと思っているからにほかならない。

自分の娘と知れば、絶対にそんな真似はしない人だと信じている。

グレースの落ちついた声に安堵したのか、ホリーは手を振りながら扉の向こうへと消えていった。


扉が閉まり、二階分の高さのある広間はアーサーとグレースのふたりだけになる。

広間の壁や天井には所狭しと壁画や天井画が描かれていた。

異国の神殿に多くの女神が佇み、その周囲を天使が舞う――という壮大な構図は、閉鎖的な広間に開放感を持たせてくれる。

正面奥には、このル・ブラン離宮の女主人であった二代前の王妃の肖像画がかけられていた。

何はともあれ、ホリーの元気な姿を見ることができ、グレースは胸を撫で下ろす。

そんな彼女の様子をどう思ったのか、アーサーは実に苛立たしげな口調で、グレースに質問を投げかけた。

「なぜだ？」

「何が、ですか？」

グレースは首を捻った。

「どうして妹に注意しないんだ？　この男には絶対に気を許すな、恐ろしい男だ、と」

「恐ろしい？　あなたが？」

「昨夜から今朝にかけて、王宮で私に何をされたか覚えてないのか!?　ホリーのこともそうだ。おまえを逃がさないための人質だと、わかっているんだろう？」

なんのためにホリーまで巻き込んだか、もちろんわかっている。

まさかデュークが口にした『あなたがカークランド王国で寂しい思いをしないよう』といった理由のはずがない。

昨夜の淫らな振る舞いも、今朝になって裸のままバルコニーに連れ出され、下着からドレスまで外に投げ出された挙げ句、恫喝《どうかつ》されたことも全部覚えている。

だがホリーに、アーサーのことを悪人と思ってほしくない理由だけは、今この状況で、口にすることはできない。

グレースが黙ったままでいると、アーサーは大きくため息をついた。

「しかし、子爵夫妻もどうかしているな。いい歳をしたおまえならともかく、わずか九歳の娘を、内戦が終わって間もない異国に、ほいほい寄越す神経がわからない」

呆れた口調で首を振っている。

悔しいが、それにはグレースもうなずかざるを得ない。

継父ならともかく、母の中にもホリーに対する愛情はまるでないのだとわかった。こうなったらグレースが、姉としてホリーを守らなくてはならない。

そんな思いでホリーの立ち去った扉をじっと見つめる。

そのとき、ふいに顎を摑まれて彼のほうを向かされた。

「おまえは、自分の立場を理解しているのか？」

「わかっています。でも、ホリーは何も関係ないんです。あの子だけは、どうか傷つけないでください。お願いします！」

必死で言葉にすると、彼はホリーがいたときと違って、意地悪く笑った。

「それはおまえしだいだ。おまえが私の気に入らないことをすれば……あの小娘は異国の地でたったひとり、城から放り出される。その先は、私の知ったことではないな」

右も左もわからない、言葉も通じない外国で、九歳の少女がなんの庇護もなく安穏と生きられるとは思えない。

想像するだけで、グレースはぞっとした。

「わたしは逆らいません。あなたのおっしゃるとおりにします！　だから、ホリーのことだけは……」

縋るように言うと彼はフッと笑った。

「昨夜に比べると、ずいぶんおとなしめの服だな」

胸元の大きく開いた舞踏会用のドレスと比べられても困る。

だが、普段は未亡人と言われているグレースだ。今は普段と同じ、襟まできっちりボタンの留められた、紺色で長袖のドレスを着ていた。

下着も、シュミーズとドロワーズは身につけているが、ペティコートの類はつけていない。

ドレスのスカート部分は全く膨らませておらず、ペタンとしていた。

「あんな……昨夜のようなドレスは、持っていません。あれも、あなたが用意してくださったと聞いています」

「そうだったな。だが、その質素で堅苦しいドレスも悪くない。ああ、ちょうどいい。身持ちの堅い女家庭教師風のおまえに、この場で奉仕してもらうとしよう」

そんなことを言いながら、アーサーはゆっくりと組んだ脚を下ろした。

彼はその態度だけで、グレースに脚の間にひざまずくよう命じたのだ。言葉はなくとも、思わせぶりな視線がグレースの胸を突き刺してくる。

とても、人並みの羞恥心を訴えることすら、許してもらえそうにない。

グレースは諦め、彼の前に膝を折った。

「ほう、よくわかってるじゃないか。トラウザーズを脱がせて、おまえの手と口で大きくするんだ」

彼は簡単に言うが、まずはトラウザーズの脱がせ方がわからない。

グレースはビクビクしながらチュニックをめくり、黒いトラウザーズに手をかけた。

ドロワーズのように腰の部分を紐《ひも》で結んでいるのかと思ったが……そんな結び目などどこにもなさそうだ。

ズボン吊りで留めてあるだけのようで、グレースは震える指で、糸巻き釦《ドーセットボタン》を外していく。

問題はそのあとだった。トラウザーズに触れたまま、グレースはどうしようかと悩んでしまう。

そのとき、アーサーに手を掴まれた。

「トラウザーズの下がどうなっているか、知らないわけがないだろう？」

グレースをからかうように言う。

だが、当然、これまでこんな状況になったことはなく——すると、彼は手を掴んだままトラウザーズを引き下げたのだ。

ドロワーズのような下穿きは穿いておらず、肉欲の塊《かたまり》が姿を現した。

(た、たしか、手と口で……大きくって……どうするの？)

目の前がチカチカして、どこを見たらいいのか戸惑ってしまう。

「ボーッとするな。——しゃぶれ」

頬が熱くなり、身体が火照る。

心臓の鼓動は速まり、グレースは眩暈を感じた。

だが、ここで逃げ出したりしては、ホリーがどうなるかわからない。

グレースは覚悟を決め、両手でしっかりと握った。それなりの質感があり、手にした瞬間、それはビクンと痙攣する。

言われたとおり口に含むが――あっという間に欲棒は昂り、大きく膨らみ始めた。

咥えたまま懸命に舌で舐め、掌全体を動かすようにして刺激してみる。

「おいっ！　おまえ、いったい誰から……」

アーサーはそこまで言うと、高まる欲情を抑えるように深く息を吐いた。

だが、息を吐きたいのはグレースも同じだ。

口に含んだ雄身は、信じられない大きさになっている。どこまで大きくなるのか見当もつかず、このままだと嘔吐《えず》いてしまいそうだった。

(でも、頑張らないとダメ。逆らわないって約束したもの。アーサーの言うとおりにするって)

ただただ、必死に舐めていたが、口腔には舌を動かす隙間もなくなってきている。

呼吸をするのも苦しくて……そのとき、頭を掴まれて引き剝《は》がされた。

「もういい。やめろ！」

グレースは大きく息を吸い、とたんにケホケホと咳《せ》き込んだ。

アーサーのほうも、大きく肩を上下させている。その表情はどこか不機嫌そうで、彼女はとたんに恐ろしくなった。

「ごめ、んなさ……い。ごめん……ごめん、なさい」

彼を満足させられなかったのだ。

恐怖は不安に変わっていき、グレースは謝ることしかできない。

「謝るな」

「ごめ……」

さらに謝りそうになり、慌てて口を閉じる。

だが、同時に涙が込み上げてきた。

「泣くな！　泣いても、おまえを許すことはない」

「は……い」

グレースはくっと唇を噛みしめた。

「次は上に乗れ」

「……え？」

「騎乗位くらいわかるだろう？　ドロワーズを脱いで、自分の手でスカートをたくし上げ、俺に跨がれ」

アーサーの要求はとんでもないことで、グレースはしばらくの間、固まっていた。

寝室ではない場所で、男性の前でドロワーズの腰紐をほどく。

広間のシャンデリアには蜜蝋蝋燭《ワックスキャンドル》がふんだんに灯され、昼間のような光が降り注いでいた。

そんな中、アーサーの前で自らドロワーズを脱ぐ日がくるとは思わなかった。

「さっさと挿入してくれ。のんびりしていると、もう一度しゃぶるところからやり直しをさせるぞ」

急き立てられるように、グレースはソファに膝をつき……スカート部分を持ち上げると、思いきって跨がった。

(ここから先……どうしたらいいの?)

もたもたしているグレースに向かって、アーサーは呆れるように言う。

「なんだ、自分から挿入したことはないのか?」

彼と視線を合わせることができず、無言のままうなずく。

すると彼は唐突にグレースの手を摑み、スカートの中に潜らせたのだ。そして、そそり立つ雄身を摑ませると、彼女の手を包むように、上からギュッと押さえた。

「こうして握って、先端を蜜穴に押し当てろ。あとは、腰を落としていけば、勝手に沈み込んでいく」

そう言うと、彼は手を放してしまう。

未婚女性として、信じられない格好だった。スカートが下りているので、その部分が隠れるだけマシというものか。

(これじゃ……本物の娼婦だわ。アーサーは本当に、わたしをそこまで貶めたいのね)

泣きそうになったが歯を食い縛り、グレースは腰を下ろしていく。

十年前と昨夜、アーサーを受け入れたその場所は、今は乾ききっていた。彼の言うように『勝手に沈み込んでいく』どころか、ツルン、ツルンと滑《すべ》ってしまい、入っていく気配もない。

「そんなに私を受け入れたくないのか？」

「違うの、そうじゃなくて……ごめんな……あ」

思わず謝りそうになった。

そのとき、アーサーの手がふたたびスカートの中に差し込まれた。彼は無防備に開かされた脚の間に触れる。

「やっ……あぁ……」

「全然濡れてないな。こんな場所に、無理やり押し込むつもりか？」

それはため息交じりの声だった。

男性を受け入れる準備が整っていないことくらい、自分でもわかる。だからといって、どうすれば受け入れやすくなるのか……。

グレースがそのことを必死で考えていると、次の瞬間、彼女はソファではなく、絨毯の上に転がされていた。

「きゃっ!?」

仰向けにされたあと、腰を持ち上げられ、スカート部分は腰の辺りにたわむ。

グレースの秘所は蜜蝋蝋燭の灯りの下、剝き出しになった。

「やっ……アーサー、やめて……こんなのは、恥ずかしい」

「文句を言うな！　それから、脚も閉じるな！　受け入れやすいようにしてやる。じっとしていろ」

左右の太ももの裏を摑まれて押さえ込まれた。露わになったその場所に、生温かいヌメリが触れる。

そのヌメリは何度も何度も、執拗なくらい往復した。

「ひゃぅ……っ、ぁ、やぁ……あ、ダメ……やぁっ！」

考えたくないが、アーサーは彼女の割れ目を舌で舐め回しているのだ。

腰を持ち上げられているので見えないが、その姿を思い浮かべるだけで、グレースの頭の中は羞恥心で真っ白になる。

（やだ、舐めないでって言うのも、恥ずかしくてできない）

躊躇ううちに、ヌルッとした感触が蜜口の中に滑り込んできた。

弾力のある舌を窄《すぼ》めて押し込み、彼は胎内から蜜襞をグルグルと掻き回す。

「あっ……やっ、いやっ、あぁぁ……」

直後、ふわっとした温もりが蜜窟の奥から溢れ出てきて、グレースは下肢を戦慄《わなな》かせた。

アーサーが離れ、彼女の顔を覗き込む。

「だいぶ濡れてきた。これなら、入りそうだな」

彼は絨毯の上に座り込み、同時にグレースを引っ張り起こした。ふたたび、彼の上に跨がる格好になる。

長い指で秘所をまさぐられ、今度はクチュクチュと蜜音が聞こえ始めた。

「ほら、腰を下ろせ」

言われるまま、グレースは彼の上に座り込むように腰を下ろしていった。

指とは違う硬いものが、つんつんと当たる。二度、三度と突かれ、やがてスルリと中に入ってきた。

「あっ！　ぁん……んんっ」

そのまま、奥へ奥へと侵入してくる。

蜜窟の天井をグンと突かれた瞬間、グレースは彼に抱きついていた。

さっき咥えたときより、もっと大きくなっている。内側からグイグイ広げられて、擦れるような痛みを感じた。

だが、しだいにその異物感が悦びへと変わっていき……。

「ん？　膣内《なか》が締まってきたな。入れられただけで、気持ちよくなったのか？」

躰の変化を言い当てられ、彼の胸に顔を押しつける。

（どうして……こうなるの？　アーサーを受け入れるだけで……どうして？）

そのとき、アーサーが彼女の顔を覗き込み、唇を重ねてきた。

かすかに開いた唇の間から、舌を滑り込ませてくる。激しく口腔をねぶられ、グレースは彼のチュニックに縋りついたまま、自分から求めるように口を開いていた。

舌の動きと同じように、彼は押し込んだ肉棒を激しく動かす。

上も下も掻き回され、グレースが肢体を震わせて絶頂に達する寸前——彼は動きを止めたのだ。

「おいおい、おまえが先に達《い》ってどうする？　私は奉仕しろと言ったんだぞ」

「あ……あの、どうすれば……？」

アーサーの言葉に赤面しながら、グレースは尋ねた。

「そうだな。おまえが腰を動かしてみろ」

「わたしが……こう、ですか？」

グレースは円を描くように腰を動かしてみる。

昇り詰めていく心地よさはないが、緩やかな快感に全身が打ち震えた。

「どっちにしても、おまえのほうが気持ちよさそうだな」

「ご、ごめん、な……ぁ、ああっ」

彼に奉仕しなくては、と思うのだが、経験の少ないグレースには、与えられるものを受け入れるだけで精いっぱいだった。

だがそのとき――コンコンと扉がノックされた。

「陛下、よろしいでしょうか？」

デュークの声だ。

ホリーを部屋に連れて行ってくれたはずだが、きっと、その報告に戻ってきたのだろう。

ホリーの様子は気になるが、この状況ではグレースに尋ねる余裕はない。

（アーサーが離れろと言ってくれたら……わたしからは、言えないもの）

グレースは思わせぶりに彼を見上げた。

すると、ちょうどアーサーも彼女を見下ろしていたのだ。黒い瞳は複雑な思いに揺らいで見えた。そして、彼が口にしたこととは……。

「ああ、入れ」

アーサーの返事にグレースは息を止めた。

当たり前だが、扉は静かに開き、デュークが入ってきたのだ。扉の近くは絨毯が敷かれておらず、そのせいでコツコツと足音が聞こえてくる。

四歩、五歩と歩き、彼はピタリと足を止めた。きっと彼の視界に、アーサーに跨がるグレースの姿が入ったのだろう。

息を呑む気配を感じる。

しかし、さすがと言うべきか、デュークはごく自然な声でホリーに関する報告をし始めた。

「申し上げます。ミス・ホリー・シンフィールドをお部屋にご案内いたしました。すぐにベッドに入られ、お休みになられた模様です。起床は七時、朝食は八時とお伝えしておきました」

「いいだろう。――グレース、妹のことで、デュークに尋ねたいことはないか？」

「……」

その問いにグレースは何も答えられない。

アーサーはさらに意地悪をして、グレースの身体を下から揺さぶり始める。

「デュークに見られて興奮しているのか？　奥がヒクヒクして、蜜が溢れてきてるぞ」

耳たぶに唇を押しつけ、彼女にだけ聞こえる声でささやく。

「お願い……します。サー・デュークには……あ、ぅ」

答えようとするのだが、小刻みに揺すられたら、とてもまともな返事はできない。我慢できずに、喘ぎ声が漏れてしまう。

（や……アーサー以外の人に……聞かれるのは、いや）

グレースは口元を押さえ、懸命に耐えた。

「陛下、報告は以上です。自分はこれで――」

デュークの言葉にグレースが安堵しかけたとき、アーサーがそれを打ち壊したのだ。

「いや、そのまま控えていろ」

「しかし、陛下……」

「王命に従えないのか？」

それを言われたら、デュークにも逆らうことなどできないのだろう。

彼は扉近くに立って、「はっ」と答える。

「どう……して？　こんな、ことを……」

途切れ途切れにようやく口にしたグレースだったが、アーサーの返事は辛らつだった。

「泣いても許さない。だが、泣かせてやりたい。おまえをもっと、傷つけ、苦しめ、罰してやりたいだけだ。愚かだった自分を、戒《いまし》めるためにも」

「そ、それはどういう……ア、アーサ……あぅっ！」

彼の苦しそうな声色に、グレースは驚いた。

いっそ、清々したとでも言いそうなのに、そっと見上げると、全く思いどおりにならないという顔つきをしている。

まるで、今でも、グレースのほうが彼を傷つけている、と言わんばかりの顔だった。

「それ、は……わたしの、せ……ぃ？」

苦しそうな表情の理由を知りたくて、グレースが尋ねようとしたとき、思いがけず、アーサーのほうから激しく腰を突き上げてきた。

グレースから動けと言ったくせに、きっと、デュークの前ではしたない声を上げさせたいのだと思う。

口をギュッと閉じ、小さく首を振る。

「やめ……お願い、やめ、て……あっんっ」

もっと言葉にして頼みたいのに、こんな格好ではどうしようもない。

グレースはアーサーに抱きつき、必死に堪えようとするが……それも、限界だった。

「ぁ、ぁ、あ……もぅ、ダメ」

少し前、絶頂に達しかけたところで彼に引き戻された。グレースの躰はもう、それ以上の我慢はできそうにない。

下肢がヒクヒクと震え始め、喘ぎ声が喉の奥から零れ出そうになったとき――。

アーサーは彼女の頭に手を当て、それ以上の声が漏れないよう、グレースの口をグッと自分の胸に押し当てたのだ。

「デューク、下がれ！」

短い命令が飛ぶ。

するとデュークは頭を下げるなり、即行で広間から出て行った。

「ほら、達《い》けよ。甘い声を上げて、もう我慢できないんだろう？」

ふたりきりになり、アーサーは信じられないくらい優しい声でささやいたのだ。

「いくらでも、達かせてやる。何があっても、私から離れられなくなるように——抱き尽くしてやる！」

「ア、アーサー、わたし……ああっ！」

挿入したまま、ふたたび絨毯の上に押し倒されていた。

脚を大きく開かされ、深いところまで突き上げられる。激しい抽送にグレースのほうも腰を動かし、泣くような声を上げていた。

何を言われても、どれほどの憎しみをぶつけられても、彼を恋しく思う気持ちは消せない。

その思いに引きずられて、グレースの躰は瞬く間に昇り詰めていく。

そして彼女の悦びに呼応するように、アーサーの口から短く熱い吐息が漏れ……グレースの膣内で彼は熱情を迸《ほとばし》らせた。

☆　☆　☆

四輪の大型馬車《コーチ》に揺られ、グレースは初めて、ホリーと一緒に幸福な時間を過ごしていた。

長旅用の大型馬車は四頭立てで、丸一日乗っていてもほとんど疲れない。

グレースにとって長旅といえば、ホリーを身籠もり、ル・フォール王国で産むために長距離を移動したくらいだ。

あのときは今とは比べものにならないくらい大変だった。上りの坂道になると馬を疲れさせないために、降りて歩かなくてはならなかったのだ。

だが今回は、一貴族の私的な旅行とはわけが違う。

正式な即位に基づき、一国の王が同盟国の女王に国賓として招待された旅の帰路。その規模に雲泥《うんでい》の差があり、数えきれないほどの兵士や使用人を同行している。

当然、替えの馬は何頭も用意してあり、馬が疲れる前に交替させていた。

ただ、そのたびに休憩を挟むので、シェリンガム市近郊を出発して、カークランド王国の首都、フリートウッド市にある王城までの行程は十日もかかるという。

ただ、王城に着くと、グレースはどんな立場に置かれるのか見当もつかない。ホリーと一緒に過ごせるかどうかもわからないのだ。

それを思えば、このままいつまでも旅が続いてくれたらと願ってしまう。

しかし、ル・ブラン離宮を出てもう九日目。

馬車から眺める景色はのどかな田園風景から、林立する木々も多くなってきた。鬱蒼《うっそう》とした森を通り抜けることも増え、坂道の勾配もきつくなってきている。

マリガン王国に高い山はない。だが、カークランド王国には高い山もあり、王城自体が岩山の切り立った断崖に建つ要塞だった。

シェリンガムの王宮のような景観重視の豪華さはなく、実用優先、攻め込まれたときのことを第一に考えられた城らしい。

グレースが想像を巡らせながら窓の外を見ていると、馬の交替時間がきたと言われ、馬車から降ろされた。

この辺りはマリガン王国の北端、レイクウッド州と呼ばれる地方の森の中だ。

森を出たら国境を越える。旅の最後の夜は、カークランド王国内で一泊することになると言われていた。

「お姉様、見て見て！　赤いリスさんがいるわ！　赤いリスさんなんて初めて。だって、オークウッドの森にはいなかったもの！」

木の枝からこちらを見ているリスを見つけ、ホリーははしゃいだ声を上げた。

「ええ、そうね。そのリスさんの名前は、あなたの言ったとおり〝赤リス《レッド・スクレイル》〟というのよ」

グレースがそう言って教えると、ホリーはリスに近づいて行く。

すぐ傍に大きな湖があり、湖面を渡る涼しげな風が森の中まで吹き込んでくる。

この辺りに獰猛な野生動物はいないはずだ。最も危険なのが山賊の類いかもしれないが、これだけの数の兵士がいるのだから、まず襲ってくることはないだろう。

だが、何が起こるかわからないのが自然というもの。

「ホリー！　ひとりで森の奥に入ったら……」

グレースがホリーを追いかけようとしたとき、その横を旅行用の黒い外套《がいとう》を羽織ったアーサーが通り過ぎた。

彼はホリーの横に立つと、

「もっとリスに近づきたいか？」

「はい！　あ、でも……お姉様が……きゃっ」

元気よく答えたあと、グレースのほうを振り返ろうとする。

だが、そこを背後から抱え上げられ……。ホリーはあっという間に、アーサーの左肩に座らされていた。

華奢な少女とはいえ、軽く担いでしまうアーサーの姿に、グレースはただ唖然とする。

彼はホリーを肩に乗せたまま、すたすたとリスのいる木に向かって歩き始めた。

森の周辺には民家もあり、山道を通る旅人も多いのだろう。人の気配に慣れたリスは怯えて逃げるでもなく、近づいてくる人間を不思議そうに木の枝から見下ろしている。

「この連中なら、フリートウッド市郊外の森にもたくさんいる。王城内の木立でも見かけたことがあるな。――どうした？　高くて怖いか？」

「ううん！　あ、違った……いいえ、怖くありません。あたし、こんなふうにしてもらったのは初めてだから、びっくりしたの。あ、リスさんに手が届きそう。触ってもいい？」

「ああ、しっかり捕まえてくれ。ミートパイにして、夕食のメイン料理にしよう」

アーサーの返事を聞いたとたん、ホリーは顔を引き攣らせて叫んだ。

「やだっ！　リスさん、逃げてっ！　食べられちゃうから早く逃げてーっ！」

「冗談だ。赤リスは食わない。食うのは、ほら、あっちに見える――」

彼が言葉を濁しながら指差した先では、薄茶色の野ウサギが立ち上がるようにしてこちらを見ていた。

ホリーもその野ウサギに気づいたらしい。

「いやぁーっ！　ウサギさんも食べちゃダメーッ！　アーサーったら酷いよぉ」

半泣きでアーサーの髪にしがみついている。

「わかった、わかった。こらっ、髪を摑むな。暴れたら落ちるぞ」

そんなホリーとアーサーの姿が、あまりにも微笑まし過ぎて、グレースの紫色の瞳に涙が浮かんだ。

旅の間、何気なく寄り添うふたりの姿を見るたび、グレースは激しく動揺する。

アーサーのグレースに対する態度はともかく、ホリーには優しく接してくれた。もちろん、わかりやすい優しさではないが、彼がホリーを嫌っていないことは、グレースにはよくわかった。

血の繋がりが、無意識のうちにそうさせているのかもしれない。もし、そうであるなら、真実を話してもアーサーは受け入れてくれるのではないか。

そんな思いが浮かんできて、グレースは思わず口にしてしまいそうになる。

(でも……わたしの勘違いだったら？　とたんに怒り始めて、ホリーに対する態度が急変してしまったら？)

たちまち浮かんでくる不安が、彼女から勇気を奪う。

彼女がそんなことを考えている間に、ホリーはアーサーの肩から下りていた。

それ以上リスや野ウサギを追いかけていると、アーサーに捕まえられて本当に食べられてしまう、と思ったようだ。

すると今度は湖に向かって走り出した。

どうやら、ホリーの興味はリスから馬へと替わったらしい。

馬たちは縄をほどかれ、順々に湖畔《こはん》へと向かっていた。湖畔では並んで水を飲み、のんびりと休憩している。

「待ちなさい、ホリー。馬に勝手に近づいてはダメよ。ちゃんと兵士さんに声をかけてから、近くで見せていただきなさい」

大きな声で言うと、ホリーは「はぁい！」と叫んで手を振った。

この旅の間に、ホリーはますます馬のことが好きになったようだ。旅の途中、不用意に近づき、かつてのグレースのように髪を数本引き抜かれたときも――。

『馬さんを怒っちゃダメ！　きっとお腹が空いてるのよ。あたしのパンをあげるわ。そうしたら、もう間違って食べたりしないから。だから、怒らないで』

泣きべそをかきながらも、さらに馬に近づいていき、横で見ているグレースのほうが、ホリーの危なっかしさにひやひやしてしまったほどだ。

慌ててホリーのあとを追おうとしたとき、黒鹿毛の馬が彼女の前に止まった。

「ほら、おまえも乗れ」

アーサーは手綱を持ち、鐙《あぶみ》に足をかけて一気に跨がる。そして、グレースに向かって手を伸ばした。

女王の前では、あくまで側近の結婚相手に対する態度だった。

王宮の中でも、それなりに気を遣っていたように思う。だが、ル・ブラン離宮で顔を合わせてから、アーサーのグレースに対する態度は一変した。

遠慮もなければ気遣いもない、彼の所有物のような扱い――とでも言えばいいのか。

それは、ル・ブラン離宮を出発してからもほとんど変わらない。いや、むしろ酷くなる一方だ。

彼は誰かが傍にいても、いなくても、おかまいなしにグレースを求めてくる。

表向きは、侍従武官であるデュークの婚約者としてカークランド王国に向かっているはずだが……。

この一行に加わるほとんどの人間が、そんなことは信じていないだろう。

(当たり前よね……でも、それでいいのかしら)

マリガン王国の子爵令嬢に、付添人もつけずに接し、人前で身体にまで触れている。そして夜は同衾《どうきん》までしているのだ。

両国とも同様に未婚女性の純潔を重んじる。国教会は違うが、そういった話を聞いたことがあった。だが、その点を一切考慮していないアーサーの態度は、大勢の人を混乱させているのではないだろうか？

「あ、あの……もうそろそろ、カークランドではありませんか？　わたしを近くに置かれるのは、いかがなものでしょう？　ホリーのような子供とは違いますし……」

アーサーの傍にいられるのは嬉しい。きつい言葉で罵られることもあるが、彼が生きて、グレースの隣にいてくれるだけで幸せだった。

だが、今が幸せな分だけ、王城に到着したあとが怖い。

そんな不安がグレースに遠慮がちな態度を取らせるのだが……。

「何も肩に担ごうと言ってるわけじゃない。それとも、私の馬には乗れないとでも？」

「いえ、そういうわけでは……湖もすぐそこですし、自分で歩いて……ぁ、きゃ」

二の腕を摑まれ、一気に引っ張り上げられる。

彼に抱きかかえられるようにして横乗りになり、そのまま馬上で寄り添い合った。

アーサーに恋をしたときも、こうしてふたりで馬に乗っていた。彼が暴れ始めたグレースの馬に飛び移り、彼女を助けてくれたのだ。

(今のほうが身体も逞しくなって、凛々しく思えるんだけど……。でも十年前のアーサーは、わたしだけのヒーローだったんだわ)

何もかも忘れて、ほんの短い時間、グレースの心は十年前に戻った。

だが、すぐさま現実に引き戻される。

「グレース……ひとつ聞きたいことがある」

「はい。なんでしょうか？」

「ホリーを産んだのは、本当におまえの母親、子爵夫人なのか？」

ふいに、心臓を鷲摑みにされた気がした。

なんと返事をしたらいいのか、迷いながらグレースは震える声で返した。

「どうして……そんなふうに、思うんですか？」

「子爵家の馬丁をしていたころ、子爵夫妻に子供なんて生まれる気配もなかったからな。そうなれば、答えは決まってくる」

「決まって……？」

息を呑むグレースに、彼が口にしたのは、

「おまえは知らなかったようだが、ハミルトンはろくでもない男だった。村の女に庶子のひとりやふたり産ませていても、別に不思議じゃない」

父はアーサーがいたころから、村の女性に手を出していたのだ。

グレースは、自分も知っていることを伝えるため、父が馬車で事故死したとき、同乗者がいたことを彼に話した。

彼はとくに驚くでもなく、呆れるように笑った。

「同乗者には気の毒だが、あの男にはふさわしい最期だ」

七年前はクーデター政府との戦いが一番激しかったころで、シンフィールド子爵が馬車の事故で亡くなった以上のことは知らなかった、と話してくれた。

「だが、奴ならわざわざ嫡子にしてまで、娘の面倒をみることはしないか。相手がよほど名のある貴族で、ゆくゆくは自分の利益になると思ったなら別だろうが」

アーサーの言葉にグレースはハッとする。

ホリーを嫌がる母に押しつけてまで自分の娘にしたのは、父にとって将来、利益になると思ったからだろうか？

それは、父がアーサーの身分を知っていた、ということになる。

だがそれなら、普通にグレースとの結婚を許したはずだ。彼が王位に就けば、父は国王の義父になるのだから……。

そのとき、ボソッとアーサーが呟いた。

「ホリーは、出会ったころのおまえによく似ている」

「それは……血が繋がっているのだから、当たり前のことでしょう？　でも、十五のころのわたしに、そんなに似ているかしら？」

震える声に気づかれませんように、と心の中で祈りながら答える。

「いや、十二か十三のころだ。オークウッド州に入ってすぐ子爵家に雇われた。そのときに見かけたおまえは、ホリーとそう違わなかったはずだ」

グレースがアーサーと初めて言葉を交わしたのは、馬が暴れたときだ。

それ以前も遠くから見かけることはあったが、話しかけることも、話しかけられることも絶対になかった。

だから、グレースにはそれ以前の認識はなかったが……。

（アーサーはわたしのことを、見ていてくれたんだわ）

にわかにグレースの胸が躍《おど》る。

だが、アーサーの言いたいことは違っていた。

「村の女に産ませた娘なら、あまり酷いことはするまいと思ったが……。そうでないなら、いずれは父親のハミルトンに代わって罪を償ってもらわなくてはな」

憎しみの籠もった声を聞き、グレースは背筋が冷たくなる。

「そんな……陛下はわたしに罪を償わせるために、カークランドに連れて行かれるのでしょう？　女王陛下に申し出られた言い訳は、すでに一行の誰も信じてはいません。わたしはかまいません。でもホリーは……」

グレースのことは、どれほど貶めてもかまわない。

だが、せめてホリーだけは……。

アーサーにホリーのことを頼もうとしたとき——周囲に激しい水音が広がった。


湖にはたくさんの水鳥がいる。

とくに湖面を優雅に泳ぐ白鳥の姿は、少女の目にきらきらと輝いて映った。

ホリーは馬のあとを追って湖畔までたどり着いた。そこには多くの白鳥がいたが、人馬の気配に慌てて離れて行こうとしたのだ。

そんな白鳥の姿を追いかけながら、ホリーは湖畔を駆け出した。

馬や兵士たちが集まっている場所より少し森に近い場所に、湖畔の住民たちが作った桟《さん》橋《ばし》があった。

ホリーは桟橋の先端まで走っていき、そこから手を伸ばし、白鳥に触れようとして――。


その瞬間、白鳥が湖面から飛び立った。

グレースは最初、その瞬間の音が聞こえたのだと思った。だが、そもそも白鳥はどうして飛び立ったのだろう？

不吉な予感に、背筋がゾクリとする。

そのとき、耳元でアーサーの舌打ちが聞こえた。

「グレース、動くなよ！　――ハッ！」

いったいどういうことか、アーサーは彼女に聞き返す時間をくれなかった。

拍車で馬の腹を蹴《け》り、あっという間に湖畔まで駆けていく。桟橋のたもとで手綱を絞り、彼は湖面を注視する。

グレースが彼の行動の理由に気づいたのは、その直後のこと。

「ホリー、どこ……なの？　まさか、ホリーが湖に……？　そんな……」

そう呟きながら、グレースは馬から飛び降りようとする。

だが実際には、落ちそうになったというほうが正しい。そんなグレースの身体をアーサーが押さえ込んだ。

「落ちつけ！」

「でも、ホリーが」

「私が行く」

彼は短く答え、手綱をグレースに押しつけるなり、馬から飛び降りた。彼は桟橋を全速力で駆け抜けながら、肩に留めた外套と腰の剣を外した。

そして、そのままの勢いで湖に飛び込んだ。

こちらに向かって走ってくる兵士たちの中から、「陛下！」の声が上がる。

グレースも滑るように馬から下り、ホリーの名前を叫びながら、桟橋を走って行こうとする。

だがそのとき、ふいに腕を摑まれた。

「お待ちください！」

「放して！　ホリーが、ホリーが、湖に……。それに、アーサーが……お願いだから、手を放して!!」

「大丈夫です。落ちついてください」

「大丈夫じゃないわ！　ホリーがいないと、わたしは生きていけないのっ！　アーサーにも伝えなきゃ……だから、だから……」

「ですから、もう大丈夫です！　さあ、ご覧ください」

グレースを引き止めたのはデュークだった。

彼は桟橋ではなく、湖畔を指差している。そこには、湖からホリーを抱いて上がってくるアーサーの姿があった。

グレースは慌てて、アーサーが戻ってきた水辺に向かって駆けていく。

「ホリー、なんてこと……ああ、神様……あなたに何かあったら、わたしはどうやって、生きていけばいいの？」

びしょ濡れのホリーをアーサーから受け取ると、その小さな身体を抱きしめた。グレースは大きく息を吐き、ぽろぽろと涙を零した。

「ごめん……なさい。白鳥さんが……可愛くて……少しだけ、羽に触ってみたくて……ごめんなさい」

ぽつり、ぽつりと、ホリーも泣きながら声を出す。

「アーサーに……いえ、陛下にお礼を言いなさい。あなたのために……湖に飛び込んでくださったのよ」

彼はすでにリネンのシャツを脱ぎ始めていた。

濡れた髪が烏羽色《からすばいろ》に艶めき、グレースの胸を高鳴らせる。

「あの、陛下……ご迷惑をおかけして申し訳ありません。でも、おかげさまで助かりました。本当にありがとうござい……」

「礼はあとでいい。先にホリーを着替えさせてやれ」

アーサーはそれだけ言うと、グレースにさっと背を向けた。

そして彼女の横を通り抜けるとき、

「ここで死なれたら、人質にならないからな——それだけだ」

グレースにだけ聞こえる声で、ささやいたのだった。

☆　☆　☆

ホリーを連れてきた理由は、グレースを傷つけるため、言いなりにするため、だ。

それ以上でも以下でもない。本気で、九歳の少女の命を脅かすなど論外だった。

もし、そんなことをしてしまえば、王党派を潰すためなら女子供まで殺害したクーデ

ター政府と同列になってしまう。

（そうだ、グレースに対する制裁は衝動であってはいけない。絶対に、そんな真似は許されない。そう、絶対に――）

あくまで冷静に、カークランド王国の王として、マリガン王国の子爵とその娘に罰を与える必要がある。

アーサーの身分を知った上で、クーデター政府に情報を売った罪。

それはおそらく、アーサーが殺されていたら、追及されることはなかったであろう罪だ。

現在のアーサーの地位をもってすれば、マリガン王国のナタリー女王に十年前の真実を話し、女王の手で処罰してもらうことも可能だった。

だが――。

（十年前のグレースには、父親と結託したつもりもないのだろうな。あのころの彼女の無邪気さまで、偽りだったとは思えないし……）

あのころのグレースは、今のホリーと大差ない。

アーサーが初めて彼女を見たのは、オークウッド州に入った数日後のことだ。パトリックから子爵家の厩番として勤めることになったと聞き、十三歳だったアーサーは興味本位で領主館に近づいた。

領主館の玄関前で馬車から降りるグレースを見たとき、彼の目に、妖精か天使のように映ったことをはっきりと覚えている。

あのころのアーサーは自分に王子の称号があることも知らず、クーデターで逃げ出したカークランド貴族の子弟としか思っていなかった。

だがもし、自分に貴族の称号があるのなら……。

（そういえば、グレースに出会ったことで、自分の身分が気になり始めたんだったな）

パトリックにノエル家のことを執拗に尋ねて、必要以上に困らせてしまった。

一方、グレースは、父親のハミルトンに後継ぎ娘として大切に育てられたのだろう。ホリーとは比べものにならないくらい、積極的で自分の意志を貫こうとする少女だった。

ホリーは奔放に見えて、周囲の大人の顔色を窺ってばかりいる。その点は、一ヶ所に留まることができず、流れ者のような生活を送ったアーサーの子供のころと似ているかもしれない。彼も大人の顔色を見て、言動を決めるような子供だった。

グレースは乳母たちに止められても、決して言うことを聞こうとせず、たびたび厩舎を訪ねてきた。

だが、そのことがハミルトンの耳に入ると、呼び出されて殴られるのはアーサーだ。ときには鞭で打たれたこともあったように思う。

ただ、それをグレースに伝えたことは一度もない。

アーサーの怪我が増えると、彼女は心配そうな顔をした。その原因が自分だとわかると、もっと悲しんだだろう。

積極的ではあっても、他人の痛みを気遣うことのできない我がまま娘――というわけではなかったからだ。

『髪を食べられるのは嫌だけど、この子が叱られたらもっと嫌だもの。それに、今以上に厩舎に出入りしてはいけないと言われてしまうわ』

亜麻色の髪を数本引き抜かれたとき、グレースは涙目になりながらも、そんなふうに言っていた。

ホリーが同じ目に遭ったとき、自分のことより馬のことを気遣う姿が、グレースと重なり……。

（ホリーを同行させたのは失敗だったかもしれない）

その思いにアーサーは頭を抱える。

かつて愛した少女の面影を延々と追う羽目になり、グレースを罰するはずが、これでは自分で自分を罰しているかのようだ。

水音が聞こえ、ホリーに何かあったと思った瞬間、アーサーは身体が動いていた。

国王であることも、十年前の恨みも忘れ、心の中でホリーの無事を願い、アーサーは桟橋を駆け出していたのだ。

休憩用に張られた天幕の中――アーサーはたったひとりで着替えを済ませる。

本来なら従者に手伝わせるところだが、今は誰とも顔を合わせたくない。とくにデュークには……。

『ここで死なれたら、人質にならない』

グレースに言ったその言葉を、彼自身が噛みしめる。

(そうだ。それだけだ。死なせるために、連れてきたわけではない。だから……助けたんだ)

「別に、グレースのためじゃない」

アーサーは声に出して、自らに言い聞かせた。

第五章　十年前の罪

カークランド王国の首都、フリートウッド市。

市内のどこからでも目にできる場所に、王城はそびえ立っていた。

断崖の上に建てられた城と聞いたとき、そこに住むのは恐ろしくないのだろうか、と思った。だが、実物を目にすると、むしろ荘厳さを感じる。

剝き出しの岩肌が実に荒々しく、そして勇ましい。

マリガン王国の王宮が美しく着飾った女性だとすれば、カークランド王国の王城は鎧《よろい》を纏った騎士のようで、男性らしい城だった。

城壁で囲まれた王城の中に入ると、王の住まいとなる宮殿が正面にあり、宮殿前の広場は大勢の人で賑わっていた。

グレースとホリーはその広場で馬車から降ろされる。

しかし、彼女たちに声をかける者はおらず、戸惑っていた。

（これから、どうすればいいの？　アーサーは何も言ってくれなかったし……それに、昨夜は抱かれもしなかった）

再会してから夜ごと求められてきた。

ところが、昨日の昼間、ホリーを助けてくれてから、グレースとふたりきりになろうとしない。

きちんとお礼を言いたいのに、それすらもできずにいた。

繋いだ手がくいっと引かれる。グレースが下を向くと、不安そうな顔をしたホリーがいた。

「お姉様……あたし、アーサーに嫌われちゃったのかな？」

ホリーもアーサーの様子が変わってしまったことに、心細い思いをしているようだ。

グレースはその場にしゃがみ込み、ホリーと視線の高さを揃えた。そして、にっこりと微笑む。

「大丈夫だから、安心しなさい。彼はそんなことくらいで怒ったりしないわ」

「そうかなぁ……そうだといいなぁ」

「わたしも陛下に助けていただいたことがあるのよ。十年以上前になるのだけど、わたしの乗った馬が暴走して……でも、彼が飛び移って、馬を落ちつかせてくれたの」

昔の話をすると、たちまちホリーは笑顔になった。

「本当に？　うわぁ、アーサーってすごいのね！　お馬さんとも仲よしなんだ。泳ぐのもすっごく速かったのよ。あたし、アーサーに乗馬と水泳を教えてほしいなぁ」

ホリーの笑顔にグレースは胸を衝かれた。

いろいろ考えた結果、今の状況が続く限り、アーサーには真実を告げないことにした。だがそれは、グレースの勝手な思い込みになるのかもしれない。本当なら親子として寄り添っているはずなのに……。

（でも、わたしに対する怒り具合を考えたら……とても言えないわ）

父が真相を知りながら、アーサーとの結婚に反対したのかどうか、今となっては確かめようがない。

だが、アーサーのほうは確実に思うだろう。ホリーの存在を隠したのは、彼への悪意に違いない、と。当然、怒ったアーサーはホリーを取り上げ、グレースだけこの城から放り出すはずだ。

（でも到着してすぐ、こんなふうに見捨てられるとは思わなかった。それも、ホリーまで……）

ホリーと一緒にいられるのは嬉しい。だが、国王の庇護を離れ、銅貨の一枚も持たない自分にホリーを守っていけるのか、それが怖かった。

（ホリーのためならなんでもするわ。躰を売ることになってもかまわない。アーサーも、わたしが落ちぶれ果てることを望んでいるんだし……でも）

その危険がホリーにまで及ぶことになったら、取り返しがつかない。

それくらいなら、アーサーに真実を話して、娘としてホリーを託したほうがよいのではないか。だが、アーサーのほうにグレースとかかわる気持ちがなくなってしまったのなら、話すだけ無駄かもしれない。

様々な思いにグレースの心は揺れる。

馬車を降りてからじっと立っていたが、広場にはほとんど誰もいなくなってしまった。

「ねぇ、お姉様……あたし、アーサーを探してくるわ。怒ってないなら、きっと、見つけられなくなっただけだと思うの。だから、お姉様はここで待ってて」

そう言うなり、ホリーは走って行こうとした。

そのホリーの手を摑み、慌てて引き止める。

「ダメよ、ホリー。彼はこの国の国王様なの。マリガン王国の女王様と同じくらい、偉い方なのよ。だから、こちらから簡単に会いに行ったり、話しかけたりはできないの」

「でも……」

ホリーの気持ちは痛いほどわかった。

だが、これ以上待ち続けるのはグレース自身がつらい。

グレースはほとんど着の身着のままで出てきたので、革の鞄ひとつだけだ。ホリーもたいして持たせてもらえなかったのか、荷物の量は大差ない。

「さあ、いつまでもここにいては、お城の衛兵さんに怒られてしまうわね。まずは、泊まれるところを探しましょう」

できる限りの笑顔で話しかけるが、やはりホリーは心配そうだ。

「大丈夫よ。お姉様がついてるんだから。これからは、ずっと一緒よ」

「……アーサーは？」

寂しそうな声に、胸がズキンと疼いた。

彼は、ホリーには優しかった。とくにグレースのいないところでは、よけいに気遣ってくれたようだ。

心無い人たちに囲まれて育ってきたであろうホリーは、人から優しくされることに慣れていない。

そんなホリーがアーサーに懐いても無理はなかった。

「ごめんね。ごめんなさい。もし、あなたがお姉様じゃなくて、アーサーと一緒にいたいなら……なんとかして、頼んでみるわ。そのほうが、あなたも幸せに――」

「いやっ！」

グレースの言葉を遮るように、ホリーが叫んだ。

「いやっ、絶対にいやっ！　お姉様も……あたしのこと、いらなくなった？　お願い、嫌いにならないで。あたしのこと、捨てないで……」

　ホリーの涙を見て、グレースは思わず抱きしめていた。

　オークウッドの領主館を出るとき、『仔牛のように売られたのかもしれない』と、ホリーは本当に思っていたのだ。

　悲しくて、悔しくて、情けなくて……ただ、抱きしめることしかできない。

「お姉様にとって一番大事なのはホリーよ」

「あたしも！　お姉様のことが好き！　アーサーのことも好きだけど、お姉様が一番好きだから」

「まあ、本当に？　嬉しいわ」

　もう二度と放さない。グレースはそんな思いを込めてホリーの手をしっかりと握りしめる。覚悟を決めると荷物を抱え、広場から正門のほうへと向かった。


　グレースが正門脇に立つ衛兵に、町の方向を尋ねようとしたとき――。

「おい、どこに行くつもりだ!?　誰が出て行っていいと言った！」

　背後から突然、怒声を浴びせかけられ、グレースとホリーは抱き合いながら振り返り、目を丸くした。

アーサーが靴も履かず、トラウザーズを穿いただけの格好で立っている。

全力で走ってきたのか大きく肩を上下させており、口を開けば火を吐きそうなほど、怒りに満ちた顔をしていた。

（どうしたと言うの？　どうして、こんなに怒っているの？）

驚きのあまりグレースは声も出ない。

だが彼女たちより、衛兵のほうがショックは大きかったようだ。全身をピンと硬直させ、アーサーに向かって最敬礼している。

衛兵の様子にグレースも我に返り、とっさに膝を折ろうとしたが……。

逆に腕を摑まれ、引っ張られた。そのままグレースだけ、引きずられるように連れて行かれそうになる。

「待って……ください。馬車から降ろされ、誰も迎えにきてくださいませんでした。わたしたちは子爵令嬢とはいえ、異国の人間です。勝手に城内をうろつくわけにはいきません。だから、すぐに出て行こうと……」

必死に釈明すると、アーサーは目を見開いて立ち止まった。彼は何ごとかを察したように振り返り、城を見上げる。

（ひょっとして、アーサーがわたしたちを見捨てたわけじゃないの？　だったら、もう少し、傍にいられるのかしら?)

そんなアーサーの足元に、ひれ伏すようにホリーは縋りついた。

「お願い、お姉様に罰を与えないで! アーサーが怒ってるのは、あたしが湖に落ちたからでしょう? ごめんなさい、ごめんなさい……罰ならあたしに与えてください。お願い、お姉様を苛めないで」

ホリーはアーサーがル・ブラン離宮で言った、

『おまえが我がままを言うなら、グレースに罰を与えるぞ』

その言葉を真に受けていた。

アーサーもそれに気づいたらしい。彼はもう片方の手でホリーの腕を掴み、立ち上がらせた。

「いいだろう。では、ホリー、おまえに命令する。二度と私の許可なく出て行こうとするな。姉が出て行くと言えば、引き止めろ。黙って見逃せば、必ず捕らえてグレースに酷い罰を与えるぞ。忘れるな!」

ホリーは腕を掴まれたまま、何度も首を縦に振っている。

さらにアーサーは、正門に立つ衛兵たちに向かっても、声を張り上げたのだ。

「おまえたちもよく聞け! このふたりはマリガン王国から連れてきた貴族の娘だ。決して、城外に出すことは許さん! 無断で門を通した者は首を刎《は》ねる。——いいな!!」

衛兵たちは全員ふたたび敬礼して「はっ！」と声を揃える。

そのとき、城のほうからデュークがこちらに向かって歩いてきた。

「デューク、このふたりには西館に部屋を与えてやれ、そう言ったはずだな」

「それは……自分の従僕《フットマン》に命じたのですが……」

「そうか。ならばその従僕を連れてこい。──役立たずは城から放り出してやる！」

アーサーの怒りをまともに受け、デュークはしばらくの間黙り込む。

直後、おもむろに頭を下げた。

「申し訳ありません。従僕には命じておりませんでした。すべて自分の失態です。どうぞ、自分を城から放り出してください」

衛兵や王城の使用人たちは、国王の側近中の側近と言われるデュークが、いったい何をして主君であるアーサーの怒りを買ったのか、心配そうに見つめている。

たくさんの言葉で罵《ののし》り合うわけではないが、ふたりの間に小さな亀裂が入ってしまったかのようだ。

彼女の知る限り、アーサーは気が短くて衝動的なところはあったが、怒りに任せて八つ当たりをするような人間ではなかった。彼がデュークに怒っているというのなら、相応の理由はあるのだと思う。

だが、その原因はグレースにあるような気がしてならない。

「待ってください！」

思わず、ふたりの間に割って入るように、グレースは声を上げていた。

「わたしが悪かったんです。勝手に広場から動いて、出て行かなければならない、と思い込んでしまったのはわたしです。ごめんなさい。責任を取れというなら、わたしが……」

グレースが謝罪を口にするなり、アーサーの表情が変わった。

「どうして、おまえは――」

彼は呻くように呟き、ギリッと歯ぎしりした。

そして、自分の気持ちを振りきるかのような大げさな動きで、グレースに身体を寄せてきたのだ。

「え？　……あ」

「よし、わかった。では、おまえに責任を取ってもらおう」

大勢の前でグレースを横抱きにし、彼は宮殿に向かって歩き始めた。

そのとき、周囲の状況が変わっていることに気づく。彼女たちの周りには、大勢の人が集まってきていた。

最初にグレースたちが正門までやってきたときの倍や三倍どころではない。ざっと十倍以上の人々が、騒ぎを聞きつけて来たらしい。

途中でアーサーは立ち止まり、

「首が繫がったな、デューク。西館には妹のほうだけ連れて行け。グレースは〝淑女の間〟に入れる」

その瞬間、人々がどよめいた。

〝淑女の間〟とは、どういった意味を指すのだろう？　よくわからないが、グレースは彼にとって特別な存在だと言われているようだ。

「アーサー、こんなことをしたら、お城の人たちが誤解します」

「誤解？　どんな？」

「その……マリガン王国から、女性を……連れ帰ってきた、というような……」

彼に抱き上げられたまま、グレースは顔を隠しながら小さな声で答える。

すると、アーサーは彼女の耳元できっぱりと言いきった。

「そのとおりだろう？　おまえはマリガンから連れ帰った、私の女だ。誤解でもなんでもない」

当然のように言われては、何も言い返すことができず……。グレースはアーサーに抱かれたまま、宮殿に入ることとなった。

宮殿の中は城の外見同様、雑然としていた。

階段もすべて石段で敷物もない。煉瓦《れんが》が剝き出しの壁と床が目につく。うっかり転んだりしたら、大怪我をしてしまいそうだ。

宮殿内に絹のドレスを着て歩いている貴婦人の姿はなく、お仕着せの同じドレスを着た侍女や、短めのドレスに綿モスリンのエプロンをつけた女中たちが忙しなく働いている。彼女たちが履いているのは、硬くて重い革靴だった。

（この床だと……底が薄くて柔らかいシューズなんて履いていたら、足をぶつけたとき骨が折れてしまいそう）

アーサーの姿に気づいた彼女たちは全員、口をポカンと開けたまま目を丸くしている。そのあと慌てて廊下の端に駆け寄り、アーサーに向かって頭を下げていく。

（こんな格好で国王陛下が城内をウロウロしているんだもの、それで誰にも驚かれないなら……そっちのほうが驚きだわ）

階段を三階まで上がっていき、両開きの扉の前に立ち止まった。

彼が背中で押して開き、中に入ると……そこは扉の正面にバルコニーのついた大きな窓が見える、広い部屋だった。床には赤い天鵞絨《ベルベット》の絨毯が敷かれ、天井から等間隔で六台ものシャンデリアが吊されていた。

「ここが〝王の間〟だ。バルコニーの下が、おまえたちが立っていた広場になる」

そう言われて、グレースは気がついた。

「ひょっとして、ここからご覧になっていたのですか？　だから、わたしたちが正門のほうに向かったことに気づき、追いかけてきてくださったの？」

「十日もかけて連れてきた女だぞ。簡単に手放すわけがない」

それは否定とも、肯定とも取れる返事だった。

アーサーの姿を見れば、彼が着替えの最中だったことくらい嫌でもわかる。その途中にもかかわらず、慌てて追いかけてきてくれた本心までもが、報復のためだけとは思いたくない。

彼がグレースを床に下ろしたのは、その直後だった。

煉瓦を敷き詰めた床は、絨毯の上とはいえ、思ったよりボコボコしている。慣れるまでは歩きづらいだろう。

そう思ったとき、彼がここまで横抱きにして連れてきてくれた理由までわかってしまったのだ。

グレースは胸が熱くなり、涙が零れそうになる。

「どうした？」

「アーサーは……やっぱり、変わってない。ぶっきらぼうなくせに、本当は優しくて……素敵な男性だわ」

黙ったままではいられず、つい、言葉にしてしまう。

アーサーに怒られるのではないか、とうつむいて身を竦めるが……。彼は何も言ってくれないままグレースから離れ、侍女を呼んだ。

「ジェマ！　聞こえるか、ジェマ・スケルディング！」

すると、〝王の間〟の奥に見える扉が思いきり開き、ひとりの少女が飛び出してきた。

「はいっ！　すみません、陛下！　寝室を整えておりました！」

少女らしくて可愛らしい、それでいて少し甘ったるく感じる……やけに耳に残る声の持ち主だ。

結い上げた赤毛は白い小さな帽子には入りきらず、ところどころはみ出している。青い瞳に白い肌、多めのそばかすもチャームポイントに見えた。

グレースより小柄で、年齢もだいぶ下に思える。

「マリガン王国から連れてきた、シンフィールド子爵令嬢のグレースだ。今日から、この女の担当になれ。〝淑女の間〟の空いている部屋に案内して、浴用着に着替えさせてから連れてこい」

言うなり彼は、手でグレースを追い払う仕草をする。

「あ、の……陛下、〝淑女の間〟というのは」

「ジェマに聞け。――グレース、おまえは何もわかっていない。私がどんな男か教えてやろう。きっと、さっきの言葉は取り消したくなるだろうな」

彼の言動に唇を噛みしめるグレースだった。

ジェマ・スケルディングは十八歳。城下に住む、牧師の娘だ。

王城に国王が戻ってきて、城下の娘たちの多くが嫁入り前に王城で働く風習が復活したのだという。身分の低い商人や百姓、職人の娘は女中として下働きに、聖職者や内科医、法廷弁護士、裕福な貿易商などの娘は侍女として王族の世話をする。

ジェマは女性の王族のために雇われた侍女のひとりだが、現在、この城に女性の王族はいなかった。

「こちらが〝淑女の間〟になります」

三階にあるのは〝王の間〟だけだ。

ジェマに案内され、アーサーに抱かれて上がってきた階段とは反対側の階段を下りる。

二階まで下りる途中に脇に延びる廊下があり、そこにいくつもの部屋が並んでいた。

「〝淑女の間〟は七部屋ありまして、グレース様は七番目のお部屋です」

「まあ、七部屋も？　すべて〝淑女の間〟と呼ぶのですか？」

七部屋もあると聞き、どうしてすべて同じ名前で呼ばれているのか、不思議に思った。

そして、返ってきた言葉は彼女の予想から大きく外れていた。

「その昔は小さな王子様、王女様のお部屋だったそうです。〝王の間〟からも近いですし……王女様がお淑やかで上品な貴婦人になられますように、王子様の場合は〝紳士の間〟と呼ばれていたと聞きます。でも、ここがキルナー将軍に占領されていた二十年あまりは、愛妾《あいしょう》の部屋だった、と」

クーデターを起こした軍の主導者は、グラントリー・キルナー将軍というらしい。

キルナー将軍は『王侯貴族が独占している富を国民のために使う』と言い、王城に蓄えられていた財宝を売り払ったという。それらを国民に分配したかといえば……。

「母や祖母に聞いたんですが、初めのうちは景気よくバラ撒《ま》いてくれて、みんなも……将軍の言うとおりだって喜んでいたそうです。でも、しだいに領主たちだけに渡すようになって、最終的には、ほとんどを軍の最高幹部たちだけで分配したって……」

そして売るものがなくなると、当然のように国民たちから徴収し始めた。

あとは軍の力を使った恐怖政治の始まりだ。逆らう者は片っ端から殺されていき、国民はふたたび、自分たちを守ってくれる王を求めた。

「それは……大変な戦いだったのでしょうね」

アーサーがオークウッド州までグレースを迎えにきてくれたのは、そんな大変なときだったに違いない。

ところが、肝心のグレースは異国へ家族旅行中……さらに悪い噂まで聞けば、彼でなくとも怒りに我を忘れるだろう。

扉が開かれ、グレースは中に入った。

そこは愛妾を住まわせていたわりに、狭くてつましい部屋だった。

「この部屋の家具や調度品まで、その将軍は、売り払ってしまったの？」

思わず尋ねてしまったが、権力者なら愛妾に貢いでも、取り上げることはないように思える。

グレースは首を捻っていると、ジェマは苦笑いを浮かべた。

「〝淑女の間〟を〝淑女の間〟らしくしたのは、陛下なのです。今は別に、ご愛妾のお住まいというわけではありませんし……」

ジェマの返事に、予想はしていたが、グレースはホッと息を吐いた。

（そう、よね。あのアーサーが、愛妾を何人もはべらせている、なんて……）

グレースがそんなことを考えている間にも、ジェマはてきぱきと部屋の隅に置かれた衣装箱から、白い綿モスリンの浴用着を取り出している。

だが、ひとつ気になることがあり、グレースは尋ねてみた。

「ねえ、ジェマ。わたしが七番目のお部屋なら、六番目まではどういった女性が使っておられるの？」

「もちろん、陛下の花嫁候補の皆様です！　グレース様で七人目なので、これ以上増やされるなら、〝淑女の間〟では足りませんね」

　ジェマの笑顔を見ながら、グレースは言葉を失った。


　浴用着に着替えたグレースが連れてこられた場所は——。

　マリガン王国でよく見る、寝室近くの部屋に小さなバスタブを置いただけのものとはだいぶ違う。

　彼女が初めて目にする、大きな浴場だった。

　陶器でできたブルーのタイルが壁や床一面に貼られており、浴槽《よくそう》は床に穴を掘って特大の楕円形のバスタブを埋め込んだ感じだ。

　壁にはお湯の注ぎ口が作ってあり、外で沸かしたお湯をその注ぎ口から浴槽へと流し込むようになっている。浴槽がいっぱいになって流れ出たお湯は、タイルが貼られた床を流れて、ふたたび壁の外へと戻っていく。

　わずかだが、床に傾斜がつけられているのはそのためらしい。

「遅かったな、グレース」

　アーサーは浴槽に半身まで浸かり、こちらを見ていた。上半身裸で、おそらく下半身も裸なのだと思う。

彼の周囲にはグレースと同じ年代の女性が六人もいた。

女性たちは皆、薄い浴用着を纏っているだけだ。それもお湯に濡れているので、ピタリと張り付き、ほぼ裸に近い。

ここに来る直前まで、ジェマに聞かせてもらったことが頭の中をグルグルと回る。

『花嫁……候補？　陛下には、王妃になられる方が決まっているの!?』

グレースは思わず、ジェマに向かって叫んでいた。

そんな相手がいながら、彼はグレースを抱いたのだ。いったいどれほどの憎しみを向けられているのか、想像するだけで身体が震える。

『い、いいえ、まだ王妃様は決まってはおりませんので……』

六人中五人がこのカークランド王国の出身だという。それぞれが国王の家臣や領主の娘だった。若くて十八歳、最年長はアーサーより年上の二十八歳。

あとひとりは、ランツ公国の公女、リースベット・ユングレーンだ。

ランツ公国は北の海にある島国で、もともとはカークランド王国の属国だった。ところがクーデターの際、ランツ公国の領主であり、リースベットの父、ユングレーン公爵が軍部の味方をした。

三年前、アーサーたちがキルナー将軍を王城から追い出し、政権を取り戻したとき、逃げ出したキルナー将軍を匿《かくま》ったのもランツ公国だった。

ユングレーン公爵はアーサーからの再三の引き渡し要請にも応じず……。

昨年春、アーサーは大軍を率いてランツ公国に攻め込み、キルナー将軍を確保した。

その戦いでユングレーン公爵は戦死。ランツ公国はカークランド王国の直轄地、ランツ州となった。

そして、ひとり娘だった当時十五歳のリースベットは、アーサーの花嫁候補としてフリートウッド市の王城に連れてこられた。それが約一年前のことだという。

『でも、リースベット様を王妃様に、という話には、反対する声もありまして……。それならば、いっそ候補者をすべて王城に集めて自分が選ぶ、と。即位された今年の春に、陛下が宣言なさったんです』

ジェマは候補者の担当ではなかったので、それ以上のことはわからないという。

しかも、その直後、アーサーは近隣諸国へ即位の挨拶に向かった。結局、候補者を集めただけで何も決まっていないようだ。

だが……。

薄い浴用着の女性たちは、それぞれが争う感じで、アーサーの近くにいた。女性たちの様子を見る限り、みんなアーサーに好意を持っていることは間違いない。

グレースの胸は掻き毟《むし》られるようにざわめいた。

そんな中、輪から離れて立つ女性がひとり……。

彼女はグレースより淡い色合いの、プラチナブロンドの長い髪をしていた。華奢な体形は、女性というより少女と呼ぶほうがふさわしい。

その芯の強さを感じる黒い瞳は、新たに加わったグレースを睨んでいる。

『あの方がリースベット様です』

グレースの背後でジェマがこそっと呟く。そのあとすぐ、ジェマは浴場から出て行ったのだった。

（こんな状況で、いったいどうしろというの？）

入り口に立ち尽くしたまま、グレースもジェマのあとを追って出て行きたくなる。

「おまえも近くに来て、私に奉仕しろ」

アーサーに命令され、従わなければ、と思いながらも気持ちがついて行かない。

「陛下はすでに六人もの女性に奉仕されているご様子。もう……充分ではありませんか？わたしが近寄る隙など、どこにもないように思います」

グレースに嫉妬する資格はない。

だが、誰よりも清廉《せいれん》だったアーサーが、十年の間にこんなにも変わってしまったとは思いたくなかった。

支配者の周囲には多くの女性がはべり、その寵愛を競うことが当然のような国もあるという。

しかし、この国でもマリガン王国同様、未婚女性の純潔を尊び、男性にも節操をもつことが求められていたはずだ。

「それ以前に、いくら花嫁候補者とはいえ、未婚女性に裸同然の格好を強要するなど、神の教えに背くものではありませんか!?　王妃となる女性はひとりのはず。他の女性たちの、後々の名誉をお考えください」

グレースは正しいことを言ったつもりだった。

だが、彼女の言葉を聞くなり、女性たちの表情が曇る。

そんな女性たちに代わって、口を開いたのはアーサーだった。

「名誉？　女の価値は純潔により左右されるものではない。神の教えに背くというなら、おまえはどうなんだ？」

「どう……って、どういう意味でしょうか？」

「おまえも未婚なのだから、当然、純潔なのだろうな？　男の前で肌を晒し、自ら跨がって腰を振るような、淫らな真似はしたことがない、と言えるか？」

グレースは息が止まった。

そんなこと、大勢の女性の前で答えられるはずがない。そのことはアーサーが一番知っていることだ。

彼女は口を閉じたまま、しばらくの間、その場に立ち尽くした。

グレースがいつまでも何も答えられずにいると、痺れを切らしたようにアーサーのほうが立ち上がった。

そして思ったとおり、一糸纏わぬ姿で浴槽から出てきた。

女性たちは頬を染めつつ、でも、それぞれリネンやモスリンを手に、彼の身体を拭こうと近づいていく。

だがその中でリースベットだけは、怯えたような顔をしてアーサーから遠く離れようとしていた。

そのことにアーサーも気づき……。

彼は何を思ったのか、自分のほうからリースベットに近づくと、彼女の腕を捻り上げるように摑んだ。

「リースベット、おまえもこの国に来て一年近くが経つ。歳も十六になったはずだ。そろそろ、私の相手も務まるだろう。――来い」

「あ……きゃ、痛い……そんなこと……お許し、くださ……い」

それはあきらかな拒絶で、リースベットはアーサーの言動に怯えている。

グレースの目にもわかるくらいなのに、彼が気づいていないわけがない。

他の花嫁候補者たちも、アーサーの言動に驚いた顔をしつつ、ふたりのことを遠巻きにしたままだった。

「お待ちください、陛下!」

黙っていられず、グレースは前に出た。

「私に逆らうつもりか？　妹がどうなってもいいのか？」

ホリーのことを言われたら、グレースには逆らえないとわかっていて言っているのだ。

「嫌がる十六の少女を、無理やりベッドに連れて行くおつもりですか？」

「私が女を抱くのに誰の許可もいらない。それとも——おまえが私を欲しいのか？　たったひと晩、抱かれなかっただけで、もう男に飢えている、とでも？」

アーサーは挑むような目でグレースを睨んだ。

グレースが昔を懐かしみ、アーサーのことを今でも慕っているように言うたび、彼は怒りを再燃させている。

それならば、いっそ逆のことを言ってみよう。

彼はどんな反応を見せるだろうか。

心の中でビクビクしながらも、グレースはアーサーをしっかりと見つめ、浴用着の紐を自らほどいた。

「はい。おっしゃるとおりです。昨晩、求めてくださらなかったので、わたしの躰は飢えております。十六の少女より……いいえ、他の誰よりも、わたしのほうが、あなたを悦ばせることができます」

白い浴用着がスルリと足元に落ちる。

ジェマが緩く結い上げ、つけてくれた髪留めも外し……グレースの肩に亜麻色の髪がハラリと落ち、肌を滑るように流れながら上半身を覆った。

目の前で他の女性を選び、ベッドで戯《たわむ》れるアーサーを見ていたくない。

ましてや、十六歳の少女を力尽くで押し倒すようなことだけはしてほしくなかった。

アーサーの瞳に動揺が浮かび、困惑や混乱が見て取れ、グレースは自分の言動が正しかったのかどうか、わからなくなる。

そのとき、アーサーはリースベットを手放した。

「わかった、出て行っていい。いや、リースベットだけじゃない。他の女もみんな出て行け!!」

アーサーの大声を聞き、女性たちは飛び上がるようにして浴場から出て行く。リースベットも濡れた胸元を隠すようにして、グレースの横を通り抜け——。

その瞬間、リースベットは立ち止まりグレースの顔をチラリと見た。

彼女はなんとも言えない複雑な顔をして……結局、何も口にしないまま、他の女性たちのあとを追っていった。

ハッとしたとき、目の前にアーサーがいた。

「グレース、この私をこれほどまでに挑発して、ただで済むとは思っていないだろうな？」

彼の黒い瞳に、燃え上がるような炎が見て取れる。

もはや、逃げ出すことなどできそうにない。

「挑発なんてしていません。わたしは、ただ……」

「ただ？」

「あなたに教えられ、忘れられなくなった女の悦びを……正直に話しただけです」

そう答えた瞬間、アーサーに抱きしめられ、唇を奪われていた。

息もできないくらいのキス。それは、グレース自身が求めていたキスだ。彼の首に手を回し、狂おしいほどの口づけを受け止める。

燃えるような吐息で唇をなぞられ、その舌先を口腔に挿入された瞬間、グレースは軽く達していた。

そして唇が離れたとき、

「んっ……はぁふ、あ、あぁ……ぁっ」

グレースの口から意図せず甘い声が漏れる。

「おまえに夢中だった男がカークランドの新国王になったと知り、さぞかし嬉しかっただろうな」

喘ぐようなアーサーの声だった。

もちろん、嬉しかった。だがそれは、アーサーが『カークランドの新国王』だったからではない。生きてアーサーに会えたからだ。

彼には自分とホリーを迎えにきてほしかった。だがそれ以上に、グレースの願いは、彼が生きていること。無事でいてくれさえすれば、二度と会えなくてもアーサーを愛したことに悔いはない。

(ダメ……それを言ったら、アーサーが怒るわ)

グレースは何も答えず、抱きつく腕に力を込める。

「他の誰よりも、私を悦ばせることができる――か。私のことなど簡単に虜《とりこ》にできると思っているのだろうな。まあ、いい。上の寝室に……いや、ここで抱いてやろう」

「ここで……ですか?」

「嫌なのか?」

ぐっと下腹部を押し当てられ、そこに彼の昂りを感じる。

「いえ……仰せのままに」

「リースベットの前では我慢した。あれはまだ――無垢だからな。だが、淫らなおまえの前なら、抑える必要はあるまい」

アーサーのその言葉に、グレースの心は震えた。

彼はリースベットを王妃にするつもりなのかもしれない。だからこそ、結婚まで手を出さないようにしているのだ。

ついさっきも、グレースが必死で止めなくても、本気でリースベットを抱くことはなかったに違いない。

「信じて、くださらないかもしれませんが……わたしも、あなたに抱かれるまでは無垢でした。十年前ですけど」

精いっぱい言い返すが、アーサーは鼻で笑う。

「では、私に抱かれて、おまえはこれほどまで、淫らな女になったわけだ」

「それは……あっ！」

一瞬で青いタイルの上に転がされ、脚を大きく開かれていた。

片方の足首を持ち、高く掲げ……そのまま、彼の肩にかけられる。そしてお互いの秘所を交差させるなり、深く突き立てられた。

「あっ、あぁんっ！」

グジュッと蜜壷を掻き混ぜるような音が響き渡る。

その直後だった。注ぎ口から浴槽にお湯を流し込む音が聞こえてきたのだ。

(や、やだ、すぐ外に人が……声も、全部聞こえてるはず)

ジュジュ……ヌチュ……彼は容赦なしに腰を動かし続ける。

「すごいな、ヌルヌルだ」

「ア、アーサーが、いきな……り、奥まで入れるから……ぁ、くっ」

「ああ、いきなり押し込まれて、こんなに乱れるとは。どんな男も、こうして咥え込むだけで、夢中にさせるんだろうな」

浴槽から溢れたお湯が、タイルを伝ってグレースのところまで流れてきた。アーサーに揺さぶられ、お湯の跳ねるピシャンピシャンという音まで恥ずかしく聞こえる。

アーサーは持ち上げたほうの脚を、ゆっくりと撫で回した。

ふくらはぎに唇を押し当て、そろそろと舐めながら足首に向かって進んでいく。そして、つま先まで達した瞬間、親指をパクッと咥え、舌を絡めてじっくりとねぶった。

まるで敏感な部分を咥えられ、そこを舐められているみたいで、無意識のうちに腰を揺すってしまう。

「あ……あっ、やだぁ……そんなとこ、舐めないで……」

グレースが身体を起こそうとしながら、必死でお願いするのだが、彼はフッと笑った。

そして空いた手をふたりの交差する場所に伸ばし、剝き出しになった淫芽をまさぐり始めたのだ。

「あぁぁーっ！」

新たな快感に抗いきれず、グレースは頤《おとがい》を反らして悦びに満ちた声を出す。

「ああ、クソッ！　奥のほうが、痛いくらいに締まる。ほら、もっと声を上げろ。壁の外で湯を用意する連中に聞かせてやりたいんだろう？」

「い、いやぁ……そんなの、は……あっ、あぁっ、ダメェーッ！」

人に聞かれたくはないし、聞かせるつもりもない。

どんな恥ずかしいことをされても、感じてしまうのはアーサーだからだ。

それなのに……アーサーは誤解したまま、荒々しい抜き差しを続ける。抽送の蜜音はいっそう大きくなり、蜜襞を抉るように底を穿つ。

彼の雄身はグレースの胎内で痙攣を繰り返したのだった——。

☆　☆　☆

浴場でアーサーに抱かれてから数日が経った。

あの日以降、一度も彼から呼び出されることがない。まさかグレースから訪ねることもできず……。

グレースひとりでは、与えられた〝淑女の間〟から出ることも許されない。ホリーのことも気にかかるが、何もできないまま、彼女は鬱々《うつうつ》とした日々を過ごしていた。

そんなとき、部屋の扉越しに、さらに彼女の心を追い込むような話を耳にしてしまう。

「どうしてなのです？　陛下はわたくしのことを蔑ろになさっているの⁉」

それは、少々ヒステリックに感じるリースベットの声だった。

他の花嫁候補の女性たちは、グレースと顔を合わせたとき、笑顔で挨拶を交わしてくれる。

だがこのリースベットだけは視線を逸らし、声をかけても返事はなかった。

彼女の態度を気にするグレースにジェマは、

『リースベット様は公女様ですので……えっと、最初に花嫁候補として宮殿に入られた方ですし……。その、少々申し上げにくいのですが……』

遠回しに言葉を選びながら、リースベットは誰にでも尊大な態度を取っているため、他の花嫁候補者から嫌われている、と教えてくれた。

リースベットの部屋は一番目、グレースの七番目の部屋からは最も遠い。普段なら、彼女が七番目の部屋の前を通りかかることなどなかった。

おそらくは、担当の侍女を追いかけているうちに、ここまで来てしまったのだろう。

そんなことを考えながら耳を澄ませていると、リースベットはいっそうの不満をぶちまけ始めた。

「別に、陛下に声をかけていただきたいわけではないわ。ただ、わたくしは一国の公女なんですよ。それなのに、貴族でもない女性や、異国の子爵令嬢にも劣る扱いをされて、黙ってなどいられません！」

リースベットの怒りはしだいに激しくなる。グレースはそれが気になり、つい扉を開けて、外の様子を覗いてしまった。

目の端に映ったリースベットの姿は、浴場で見かけたときとは雰囲気が違っていた。

（まあ、あのときは浴用着一枚だったものね。わたしより細くて小柄だから、ホリーと同じくらいの年端もいかない少女に見えて……）

そんな彼女を強引に抱こうとするアーサーが、酷い男性に思えたのだ。

だがひょっとしたら、リースベットはグレースが思うより、子供ではないのかもしれない。

あるいは、たかが子爵の娘に、公女という身分を無視されたことに怒っているのかもしれないが……。

だが次の言葉で、彼女の憤りが誰に向かっているのかを知った。

「他の花嫁候補は夜ごと呼びつけながら……。陛下はわたくしを、王妃とするために連れてこられたのではないの？　こんなのは酷いなさりようだわ」

アーサーは何か事情があってこの数日間、グレースを——抱くための女性を必要としないだけだ。彼が女性を欲しくなれば、ふたたび揃って呼び寄せられるのだろう。

グレースは単純にそう思い込んでいた。

だが、『他の花嫁候補は夜ごと呼びつけながら……』それは彼がこの数日間、グレース以外の女性と親密な夜を過ごしていた、ということにほかならない。

彼女らは誰も、グレースにはひと言も話してはくれなかった。

（わたしでは、満足できなかったんだわ。これから、どうすれば……）

浴場で女性たちに囲まれていたアーサーの姿を思い出し、グレースは胸が苦しくなる。精いっぱい応えたつもりだったのに、それでも彼の一番にはなれなかったのだ。

アーサーがリースベットを抱かないのは、やはり彼にとってリースベットが特別なせいかもしれない。

そんな思いに囚われ、グレースは眩暈を感じて床に膝をついた。

そしてその夜——。

「グレース様、ジェマです。国王陛下からのお召しでございます。グレース様を〝王の間〟の寝室まで連れてくるように、と。浴用着や夜着へのお着替えは不要とのこと」

ジェマの言葉に、グレースは全身が震えた。

シェリンガム市のハンクス邸にいたときは、子爵令嬢ではなく家庭教師と思われやすい地味なドレスを身に着けていた。ペティコートでスカート部分を膨らませることもなく、コルセットではなく、ボディスでウエストを締める程度だった。

だがこちらに来てからは、きちんとコルセットで締め上げられ、貴族の令嬢らしい明るい色のドレスを着せられる。

生地は綿のしっかりしたものが多いが、その分、美しく染められ、繊細な絵柄が描き込まれたものもあった。

ただ絹に比べるとどうしても光沢が少なくなる。全体的に地味に見えてしまうせいか、ジェマなどは申し訳なさそうだ。

『マリガン王国では、貴族のお嬢様は絹タフタのドレスを着て、一日に何度もお着替えをなさるんでしょう？　昔はこの国でもそういった華やかな社交界があったんですが……』

ジェマの話を聞くうちに、わかったことがひとつある。

どうやら王城で働くすべての人が、グレースの立場についてとんでもない思い違いをしていたようなのだ。

『王宮の舞踏会で、国王陛下が子爵令嬢のグレース様を見初められたとか。有無を言わさぬ勢いで、連れ出されたと聞いております。ですから、ろくなお支度もできなかった、と』

そのせいで、まともなドレスの一枚も持ってこられなかった。そういった噂になっていると聞き、グレースは頭を抱えてしまう。

(たしかに、尋常ではないやり方で連れ出されてしまったけれど……。でも、どうしてアーサーは十年前のことを言わないのかしら?)

アーサーをクーデター政府に売った男の娘だと知られたら、グレースはリースベット以上に疎まれるだろう。

このジェマも、グレースに向ける目が変わってくるはずだ。

前を歩くジェマを見つめ、彼女を騙しているような……申し訳なさを感じたとき、ふたりは〝王の間〟の奥にある寝室の扉の前に到着したのだった。

ジェマが声をかけると、寝室の中から「入れ」というアーサーの声が聞こえた。

「五日、いや、六日ぶりか?　その不満そうな顔はなんだ?　他の女も可愛がってやらなくては、順番というものがあるだろう?」

グレースが寝室に足を踏み入れ、背後の扉が閉まるなり……そんな悪態をつかれた。

不満を言うつもりはない。ただ、不安なだけだ。自らの立場はともかく、自分のせいで連れて来られることになったホリーの立場が何よりも案じられる。

「順番なんて……そんな情けないことをおっしゃらないでください。リースベット様は苦しんでおられます」

「……」

グレースの返事が意外だったのか、アーサーは口を閉じたままジッと見つめている。

「わたしは父の罪から逃れるつもりはありません。どんな罰も受けます。どうぞ、お気の済むように――」

そこまで言った直後、グレースは手首を摑まれ、彼に抱き寄せられた。

「どうも話が嚙み合っていないようだな。どうしてここにリースベットの名前が出てくるんだ？」

「それは……」

グレースを呼びつけながら『浴用着や夜着へのお着替えは不要』だという。それが意味することは、アーサーはここでグレースを抱く気はないのだ。

欲望の対象にならないなら、アーサーが彼女を宮殿に置く意味はない。その宣告をされるのだと思い、グレースはここまでやってきた。

ところが、アーサーは意外な名前を口にした。

「ホリーに乗馬を教える約束をした」

「え？　あ……あの、ホリーと会っておられるの？」

「ああ、何か問題でも？」

しれっとした顔で言われ、グレースはそれ以上何も言えなくなる。

「あの娘は何も知らず、私のことを正義の味方だと思っているようだ。まさか私が、大好きな姉の躰を貪るように辱めているとは、想像もしていないだろうな。ましてや、自分の連れてこられた理由が〝人質〟であることも」

「言わないで！　ホリーにそんなこと……」

正門のところで別れて以降、グレースは一度もホリーに会わせてもらえない。

わかっているのは、西館に連れて行かれたことだけ。

部屋を抜け出していくことも考えたが、正確な場所も知らないのだ。さらには西館にどれほどの人がいるのか、建物の大きさも、警備の様子も何もわからない。

だが、まさか、グレースの知らないところで、アーサーとホリーが会っていたとは、考えたこともなかった。

動揺するグレースの様子が面白いのか、アーサーは思わせぶりに微笑んだ。

「ホリーを見ていると、昔のおまえを思い出す。この掌の上で、理想の女に育て上げるのも悪くない、と言ったらどうする？」

「お、おっしゃる、意味が……わかりません」

「決まっている。尻の軽い馬鹿な娘にならないように、だ」

言いながら、彼は指先でドレスのデコルテラインをなぞり始める。

今のグレースは、胸の谷間が見えるほど、襟元が大きく開いたドレスを着ていた。彼はその谷間でピタリと指を止め、ドレスの襟に引っかけて押し下げたのだ。

「あ……きゃっ」

白い果実が零れるように露わになる。

アーサーはスッと身を屈め、その頂を口に含んだ。立ったまま執拗にねぶられ、その熱は下腹部に集中する。

グレースが堪えきれず身体をくねらせたとき、彼は唇を離してささやいた。

「ほら見ろ。ちょっと刺激しただけで、胸の先端がこんなに硬くなる。ドロワーズの中はもうヌルヌルだろう？　いやらしい躰だ」

アーサーの瞳は劣情に揺れ、荒々しい息が彼女の頬に当たった。

その瞬間、グレースは脚の間にヌメリを感じた。羞恥の真実を言い当てられたことに気づき、全身が熱くなる。

だが……。

「こんないやらしい躰をしながら、おまえはいつまで、妹思いの優しい姉、という芝居を続ける気だ？」

ふいに現実に引き戻された。

「その証拠に、グレース……おまえが、家庭教師をやっていた理由を言ってみろ」

「それは……」

父親を亡くし、後見を失った貴族の娘が働ける仕事といえば家庭教師くらいだ。

グレースには伯母のエミーがいたため、何がなんでも働く必要はなかった。だが、ホリーのためのお金を母に渡す必要があったのだ。

（ホリーのため、なんて言ったら……きっと不審がられるわ）

アーサーが姉妹の関係に疑問を抱き、グレースの子供かもしれないと思えば、きっと父親のことを問い詰めてくるだろう。

当然、彼が父親である可能性にたどり着くはずだ。

グレースにそれを否定することはできない。

「通いの家庭教師など、微々たる収入だと聞いたぞ。ドレスや宝飾品に金をかけていた様子もない。となると……」

ドキンとした。

（アーサーは何かに気づいているの？　気づいていて、わたしから白状させようとしているのだとしたら……？）

グレースは心の中であたふたとした。

だが、アーサーが口にした言葉は、

「男だろう？」

「……え？」

「たしか、バルバーニー伯爵家だったな。おまえの目当ては、その伯爵家で働く男だったんじゃないか？　ハンクス家には男の使用人はいなかったものな」

信じられないほどの思い込みだ。彼はどうしてそれほどまでに、グレースをふしだらな女だと思いたいのだろう。

そのことに、グレースはどん底まで落ち込みそうになる。こうなった以上、もう淫らな女の芝居をやめることなどできそうにない。

だが、ものは考えようだった。家庭教師の目的が男遊びだとアーサーが思い続ける限り、ホリーの養育費を母に渡すため、とは考えない。さらには、ふたりが姉妹ではなく親子だと、そこまで繋げないはずだ。

だからといって、『男の使用人が目当てだった』など、自ら口にするのは躊躇われ……。

その代わり、グレースは彼に抱きついた。

「それが、そんなに重要なこと？」

「グレース……？」

開きかけたアーサーの口を彼女は自分の唇で塞いだ。

彼を愛している。ずっと愛し続けてきた。迎えにきてくれる日を、ふたたび愛の言葉が聞ける日を、その日を待ち侘びた。

だがそれが望めないなら……。

永遠の別れがくるまで、一度でも多く彼に抱かれたい。少しでも彼の傍にいたい。浅ましいことを承知で、グレースの胸はその思いで一色に染まる。

「抱いて、アーサー。あなたが抱いてくれるなら、家庭教師なんてしなくてもいいでしょう？　人前でもかまわないのよ。それとも……咥えたらいい？　ドロワーズの中がどうなっているか……あなたが確かめて。ねぇ、アーサー」

グレースは必死でふしだらな女を演じ、彼のシャツの釦《ボタン》に手をかける。

だが、次の瞬間、グレースは手を振り払われた。

「……アーサー？」

「もういい。部屋に戻れ」

彼はそう呟くなり、グレースに向かって外套を放り投げる。その顔は先ほどまでの劣情を失い、凍ったように引き攣っていた。

「おまえを抱きたいときは、私のほうから命じる。おまえの願いを聞いてやるつもりはない」

「どうして？　どうして怒るの？　だって……あなたはわたしのことを、そういう女だと思っているのでしょう？」

グレースは外套を肩にかけ、露わになった胸元を隠す。

そして彼女のほうからアーサーに近づこうとした。

「私に近寄るな！」

怒声を浴びせられ、グレースは驚いて足を止める。

「抱く気が失せた」

「それは、どういう……」

震える声で聞き直そうとするが、すべてを口にする前に、腕を掴まれて〝王の間〟に繋がる扉に背中から押しつけられた。

彼の瞳が目の前まで近づく。

漆黒の闇に吸い込まれてしまいそうで怖い。だが、目を閉じることもできず、じっと見つめていると、アーサーの口がゆっくりと開いた。

「おまえに……飽きたと言ったんだ。城から追い出されたくないなら、部屋でおとなしくしていろ」

唾棄《だき》するように罵られた。

グレースは堪らなくなり、彼の手を振りほどこうともがき……。ようやく自由になり、扉の取っ手に手をかける。

そのとき――。

「まさかとは思うが、衛兵や下男をベッドに引っ張り込むんじゃないぞ。私の城でそんな真似をしてみろ、相手の男の首を刎ねてやる。ホリーも、ただで済むとは思うな！」

恐ろしい警告を受け、グレースは外套を胸の前で握りしめながら、寝室から飛び出した。

☆　☆　☆

その夜、グレースはそっと七番目の〝淑女の間〟から抜け出した。

王城内で宮殿より西にある建物を目指す。もちろん、目的はホリーのいる西館にたどり着くこと。

グレースは、アーサーの黒い外套を白い夜着の上から羽織ってきていた。

宮殿から出るのだからデイドレスに着替えたかったが、背中で縛るコルセットをつけなくてはならないので諦めたのだ。

まさか国王命令に逆らい部屋から出るのに、ジェマに着替えを手伝ってもらうことはできない。

(アーサーの望むとおりにしたいだけなのに……わたしが何を言っても、聞き入れてはもらえない。明日にも、この城から追い出されるかも……。そうなったら、ホリーとは二度と会えなくなる)

彼はグレースにはっきりと言った。

『抱く気が失せた。おまえに……飽きたと言ったんだ』

この先、彼女がアーサーの寝室に呼ばれることはないだろう。

だが、出て行けと言われたら、ホリーのことだけは話していかなくてはならない。いったん城の外に出されてしまったら、グレースがアーサーに会うことは簡単ではない。

『この掌の上で、理想の女に育て上げるのも悪くない』

彼の言葉を思い出し、身体がビクッと震えた。

(それだけは絶対にダメ。ホリーに手を出すようなことだけは……。それだけはないようにしないと……)

もし信じてくれないようなら、グレースの命に懸けても証明しなくてはならない。その日がいつくるかわからないのだから、今夜のうちにホリーと会わなくては。

その一念でホリーの連れて行かれた西館を探すのだが、グレースは宮殿から一歩も出ていないので右も左もわからない。

中庭をウロウロしていると、ふいに人の気配を感じた。

垣根の隙間から目を凝らすと、銃剣《ベイオネット》を手にした衛兵が近づいてくる。

(見つかったら、捕まるのかしら？　アーサーに報告されたら、すぐに追い出されるのかも——それは困るわ)

だが、このまま立っていては確実に見つかってしまう。

とっさに隠れるところも思いつかず、走って逃げるにしても、方向もわからず……。

グレースが棒立ちになっていたとき——。

突然、後ろから大きな手に口を塞がれ、抵抗する間もなく垣根の陰に引っ張り込まれたのだった。

(だ、誰？　誰がこんなこと。ひょっとして、殺されるの？)

こんなところで無駄に死ぬわけにはいかない。自分の命はホリーのために使わなくてはならないのだ。

グレースは必死になって暴れようとする。

直後、彼女の耳に聞き慣れた声が届いた。

「静かに。衛兵が通り過ぎるまで、動かないでください」

デュークだった。

どうして彼がここにいるのか。しかも、グレースの口を塞いだ上、羽交い締めにしているのか。その理由が全くわからない。

(普通に声をかけてくれたら……何も、こんなふうに拘束しなくったって)

だが、衛兵に見つかりそうになったのを助けてくれたのは事実だ。

デュークだとわかった以上、無闇に暴れるわけにもいかず、グレースはジッとしていた。

ほんのわずかな時間で衛兵の足音は遠ざかっていく。中庭に静寂が戻ったとき、デュークは彼女を解放してくれた。

「外に出て行くなら無視するつもりでしたが、西館を探しておられたようなので……。ただし、方向は逆です」

「そ、それは、すみません」

とっさに謝ってしまったが、今さらっと『外に出て行くなら無視するつもりでした』と言われた。

これは、とんでもない言葉に思えるのだが……。

グレースはよくわからないまま、デュークの顔をまじまじと見つめる。

「あの、西館に案内してくださる……というわけじゃないですよね？」

彼はうなずくわけでも、首を横に振るわけでもなく、中空を睨んでいた。

そのとき、到着した日に正門のところで繰り広げられた騒動を思い出した。アーサーは彼に、グレースたちを西館に連れて行くよう命令していたらしい。

だが、デュークはそれに従わなかった。

『申し訳ありません。従僕には命じておりませんでした』

そう答えていたのだから間違いない。

ということは、彼はグレースやホリーにこの城から出て行ってほしいと思っている。

　思えば最初に顔を合わせたときから、デュークはグレースのことを嫌っている様子だった。

　その理由を聞いたことはないが、きっとアーサーと同じだろう。

「ひょっとして、わたしをこのままアーサーの……陛下のところに連れて行くのですか？」

　控え目に尋ねるが、相変わらずだ。

　黙り込んだままの彼を前にして、しだいにグレースも苛々し始める。

「わたしは明日にもこの城を追われるかもしれません。その前に、ひと目ホリーに会いたいと思っただけです。お願いします。ホリーに会わせてください！」

「……お部屋にお戻りください。もうそろそろ、陛下の命じられた従僕が、グレース様のお部屋を巡回する時間です。いらっしゃらなければ、大騒ぎになるでしょう」

　デュークは無表情のまま、クルリと背中を向け、取り付く島もない様子でそそくさと歩き始めたのだった。

　アーサーが彼女を憎む気持ちはわかる。

　だが、このデュークにまで恨まれる理由が思い当たらない。

　ただ、以前からひとつだけ気になっていたことがあり、グレースはそれを尋ねることにした。

「サー・デューク・ノエル、あなたの本当の姓はなんとおっしゃるんですか？」

その瞬間、デュークの足がピタリと止まった。

「それは……どういう意味でしょう」

「陛下がわたしを憎む理由はご存じでしょう？　パトリック・ノエルという男性の死に、わたしがかかわっているからです。陛下はわたしにパトリックのことを思い出させるため、あなたにその姓を名乗らせたんだと思っていました」

するとと、彼はこちらに向き直り、グレースの顔を真正面から見て答えた。

「デューク・ノエルは本名ですが」

「え？　それじゃ……」

「パトリック・ノエルは自分の父です」

デュークの言葉にグレースは目の前が真っ暗になった。

どんな言葉をかけたらいいのだろう。お悔やみの言葉を言うべきかどうか、あるいは、グレースにはそれすらも言われたくないのかもしれない。

グレースには何も判断がつかず、ただ棒立ちになっていた。

「ああ、そんな顔をなさらないでください。父といっても、顔も知りませんので……」

「顔も……知らない？」

「クーデターが起こったのは、自分が生まれる前です。侍従だった父は、ジェイムズ国王から第四王子を託され、家族ではなく王子を守ることを選びました――」

　その結果、デュークの姉はクーデターの戦渦《せんか》に巻き込まれ犠牲になった。彼の母親も出産直後に亡くなったという。孤児となった彼がどれほどの苦労をして育ったか、グレースには想像もできない。

「ごめんなさい……まさか、そんなことだなんて……」

　グレースが謝ると、彼はため息をついた。

「ですから、パトリック・ノエルの死に関して、責任はあなたではなく先代シンフィールド子爵、ハミルトンにあります。あなたの父親は、陛下の首に懸かった賞金目当てに、陛下をクーデター政府に売ったのです」

　アーサーがグレースとの結婚を認めてもらうために、父に向かって名乗った、〝ウィリアム〟のファーストネーム。もともと、ふたりの素性を怪しんでいた父は、喜び勇んでクーデター政府に通報した。

　そしてもちろん、多額の賞金を受け取ったのだ。

　グレースの胸に、先の見えない虚無感が漂う。

　せめて父は、後継者として大事な娘を守るために、アーサーを領地から追い出したのだと思いたかった。

　彼の身分を知っていたのかもしれない、という可能性はあったが……それでも追い払った理由がお金のためだったとは。

自分の父親ながら、情けなくて涙も出てこない。

だが、それでわかった。アーサーの素性を知っていたからこそ、父はホリーを自分の手の内に置いたのだ。

『相手がよほど名のある貴族で、ゆくゆくは自分の利益になる』

アーサーの言ったとおりだった。

クーデター政府を倒してアーサーが王権を取り戻したとき、彼は真っ先に、父に対する報復を決行しただろう。

そのとき、ホリーの正体を明かせば……アーサーは父を罰せただろうか？

あの父ならば、アーサーにグレースとの結婚を強要し、ホリーを王女にするよう求めたはずだ。

用意周到な父だが、お金も女性も目先の欲に走り過ぎて、命を縮めたとしか思えない。愚か過ぎて、罵る言葉すら出てこなかった。

唯一の救いといえば、その計画に母が加担していなかったことだろう。

（もし知っていたら、もっとホリーを可愛がったはずだもの。今度だって、簡単には手放さなかったでしょうし……）

母が重んじていたのは自らの名誉かもしれない。だがそれでも、九年間ホリーを娘と呼び、育ててくれたことは事実だった。

　グレースが声も出せないほどショックを受けていると、デュークのほうが先に口を開いた。

「父が命を懸けて守った陛下を、金のために売ったハミルトンは万死に値します。ですが、彼の罪は神によって裁かれました。自分があなたを嫌うとすれば……」

　デュークはそこでいったん口を噤み、

「グレース様、いつまで陛下の御心《おこころ》を苦しめたら気が済むのですか？」

　思いきるように、グレースを糾弾し始めた。

「苦しめるなんて……」

　彼女はアーサーの望むままに、憎しみを受け止めているだけだ。

『泣いても許さない。だが、泣かせてやりたい。おまえをもっと、傷つけ、苦しめ、罰してやりたいだけだ。愚かだった自分を、戒めるためにも』

　グレースが泣いても、謝っても、会いたかったと口にしても、そして、彼の望むような女を演じても――すべてが彼を怒らせてしまう。

　きっとこの程度では、まだまだ足りないのだろう。

「サー・デューク、あなたを求婚者に仕立て上げ、女王陛下まで担ぎ出して、わたしを王宮に呼び寄せたのはそちらではありませんか？　わたしは陛下に言われるまま、この国まで来ました。父に代わって罪を償う覚悟で……」

「それが陛下を苦しめているのです！」

デュークは彼女の言葉を奪うように叫ぶ。

「パトリック・ノエルは用心を欠かさない男だったそうです。同じ土地に三年近くも住み続けるなど、そんな失態は絶対に犯さないと誰もが言いました」

そんな用心深い男を罠に陥《おとしい》れて殺したのだ、と罵られているようで……グレースは胸の鼓動が鎮まらない。

アーサーがグレースを暴れ馬から助けてくれたのは、父子が子爵家の厩番となって丸二年経ったころだった。

デュークの言葉が正しいなら、彼らは当の昔にオークウッドを去っていたはずだ。

彼らが留まっていた理由とは……。

「陛下は、無邪気で愛らしい子爵家令嬢に恋い焦がれ……少しでもその地に滞在したい、とパトリックに無理を言ったとか。そしてついにはご令嬢との結婚まで望み……そのため、キルナー将軍の手の者に襲われた」

アーサーは自分の本当の身分を知らなかった。

彼を守るためにパトリックが深手を負い、そのときアーサーは、『誰を犠牲にしても、あなただけは死んではいけない』と、王統を支援する人たちから諭されたという。

そんな人々に向かってアーサーは、

『パトリックの息子から、父と呼ぶ権利を十三年間も奪い、その上、命まで奪ってしまった。たとえ神が許しても、私が私を許せない』

そう言いながら、彼は誓いを立てた。

キルナー将軍とクーデター政府を倒し、王権を取り戻す。そして、賞金欲しさに彼を売ったシンフィールド子爵に、相応の罰を与えてやる、と。

「自分は何度も、父の死に関して誰も恨んでいない、と伝えました。それでも陛下はご自身をお許しになりません。そしてあなたを見るたび、自らの行いを後悔されるのです。しかし、陛下は十六歳でした。女性は十代半ばで少女から女になりますが、少年は様々な経験を積まなくては男にはなれません」

これまでほとんど感情を見せなかったデュークが、グレースへの怒りを露わにして、彼女を責め立てる。

その勢いに、グレースは無意識のうちに後ずさりしていた。

「あなたは陛下の心に巣くう魔女だ！　ハミルトンに代わって償うと言うなら、せめて、陛下の前から消えてください――永遠に」

ジリジリと詰め寄られ、グレースの背中が壁に当たった。

これ以上、下がることもできない。かといって、デュークの言葉が間違っているとも言えないのだ。

すぐにも、アーサーの前から消えると答えるべきだろう。

だが……。

グレースは深呼吸すると、デュークの淡褐色の瞳を真正面から見据えた。

「あなたの言葉はよくわかりました。でも、わたしは、今すぐここから出て行くことはできないのです」

「もちろん、ただでとは言いません。遠路はるばるお越しいただいた対価はお支払いしましょう。ホリー様のことも、折を見て自分が、オークウッドの領主館かシェリンガム市のハンクス邸に送り届けます。それなら――」

「違います、それではダメなんです！」

グレースがアーサーの前から立ち去るときは、絶対に真実を話しておかなくてはならない。

そして、今度、グレースがホリーの傍から離れる日がきたら……それは、永遠の別れを意味する。

零れそうになる涙を懸命に耐え、グレースは彼に頭を下げた。

「わたしは……陛下に嘘をついています。ここを出て行くときは、陛下に真実をお話しします。そのときは、あなたのおっしゃるとおり、永遠に陛下の前から消えますので……。サー・デューク、どうかそれまで、わたしに時間をください」

「……グレース様？」

デュークの告白は、グレースの中にあった夢を打ち砕いた。

――真実を話せば、アーサーならきっとわかってくれるはず。そうなれば、ホリーと親子の名乗りを上げ、仲よく三人で暮らせる日がくるかもしれない――。

そんな淡い願いを、グレースはどうしても捨てきれずにいた。

だが、アーサーにとっては違う。

彼の中にある、デュークから父親を奪い、さらには死なせてしまったという罪の意識は、消えないだろう。

これから先、アーサーはグレースの顔を見るたびに、罪悪感に苛まれ続けるに違いない。

グレースは彼にとって愛にも癒やしにもならず、ただ、苦しめるだけの存在になり果ててしまったのだ。

ふたりの愛は十年も前に終わっていた。

しかも、罪という名前に姿を変えて。

今のグレースにできることは、これ以上苦しめないよう、姿を消すことだけ……。

憎まれたままで消えたいが、ホリーのことだけは禍根を残さないよう、正直に伝えなくてはならない。

だがそれは、さらにアーサーを苦しめてしまうのではないだろうか？

（ホリーのことは守らなくては……でも、アーサーのことも傷つけたくない。ああ、わたしはなんて罪深いの）

真実の重みに、グレースの心は押し潰されそうになる。

それでも消すことのできないアーサーへの恋情が、彼女の胸にまで罪悪感を募らせていくのだった。

第六章　命尽きるまで

　カークランド王国の夏は短い。

　帰国から一ヶ月近くが経ち、すでに早朝と深夜は肌寒さを感じる。アーサーは夏の終わりを感じながら、朝早く、兵舎近くにある馬場に足を踏み入れた。

　涼やかな風を胸いっぱいに吸い込む。身体中の空気が入れ替わったことを感じつつ、彼は大きく息を吐いた。

　そんな彼に話しかける声が――。

「ねえ、アーサー。あたし、ひとりで乗っちゃダメ？」

　声の主は、アーサーと同じ鞍に横乗りでちょこんと座っている。亜麻色の髪を朝の風になびかせた、ホリーだった。

　彼が視線を下げると、キラキラと煌めく黒真珠のような瞳がこちらを見上げる。

「馬鹿を言うな。王城の厩舎にいるのは軍用の牡馬ばかりだぞ。おまえのような娘に似合いのポニーを連れてくるよう命じてある。それまで待て」

「はぁい」

ほんの少し口を尖らせて返事をしたあと、座ったまま首を伸ばした。遠くに見える石造りの家々を見て、歓声を上げている。

そして、そんなアーサーの姿に、衛兵や侍女たちは開いた口が塞がらない様子だ。

(私はいったい、何をやっているんだか)

彼は大きく息を吐きながら、手綱をほんの少し緩めた。


最初は本当に、グレースのことをデュークの婚約者として連れてくる予定だった。

王城の宮殿は大きく、全体を補修するにはかなりの時間がかかる。だが、それでは国賓を迎えたとき、国の体面を調えることができない。そのため、西館のみ客間として使用できる状態まで見栄えよくさせたのだ。

その西館の一室に部屋を与え、人目につかないよう、アーサーが忍んでいく。そして、胸のわだかまりが消えるまで彼女を抱き尽くし、惨めったらしく捨て去ることで報復を終わらせるつもりだった。

それでも、最初の報復計画に比べたらましだろう。

戦いの最中にアーサーが考えていた計画とは――王位を取り戻したら、自分たちが切り捨てたものの価値を、シンフィールド子爵とグレースに、存分に思い知らせてやる、ということ。

まずは、ナタリー女王に働きかけ、子爵家を潰す。そして、あのふたりを地面に平伏させ、泥を舐めさせて、亡くなったパトリックに謝罪させるのだ。

グレースはとくに許せない。彼女を罪人の檻に閉じ込め、大勢から凌辱されるところを見物してやりたい――そんな、よからぬ妄想まで巡らせていた。

それなのに、アーサーが王位に就いたとき、憎むべきシンフィールド子爵はすでに地獄へと落ちたあとだった。

償わせる相手はグレースしか残っていない。

憎しみに背中を押され、十年ぶりの再会を果たし――だがその瞬間、アーサーは彼女を自分のものにしたくて堪らなくなった。

デュークには何度も止められた。

『もうよろしいのではありませんか？』

だが、グレースを許すわけにはいかなかった。

なぜなら、十五歳だった彼女のあやまちを許すということは、十六歳だったアーサーのあやまちまで許すことに繋がる。

若さゆえの欲情に駆られ、結婚まで望んだ愚かな罪を忘れてはいけない。

主君のため、国家国民のため、家族を捨ててまで十三年も尽くしてくれたパトリックを殺したのは、グレースに騙されたアーサーの罪だ。

デュークから父親を、そして家族全員を奪ったのも、アーサーが負うべき罪だった。

キルナー将軍が率いるクーデター政府の圧政に耐え、たったひとり生き残ったアーサーに希望を繋いでくれた人たちのためにも、二度と愚か者になるわけにはいかない。

その思いはアーサーの心を重い鎖で縛り、錠前をかけ、固く閉ざしている。

グレースを抱きたい。

そう思いながら、到着した日に浴場で抱いたきりだ。

抱くのも苦しく、抱かないのも苦しい。愛の籠もったまなざしで見られたら、騙されそうになるのを必死で振り払うことしかできない。

それでいて、躰だけを求められたら……グレースの首を絞めたくなるほどの苛立ちを覚える。

あの湖でホリーを助けたあと、デュークはアーサーの行為に不満を漏らした。

『どうして助けたのです？　彼女が本当に憎いのなら、放っておけばよかったのだ。目の前で大事な人を喪えば、彼女に同じ思いをさせられたのではありませんか？　結局、陛下はあの女が欲しいだけなのです』

アーサーには何も答えることができなかった。

いや、どうしても答えるわけにはいかなかったのだ。正直に答えたとき、それは、デュークの言うとおりだと認めることになるのだから――。

王城に到着したあと、デュークが王命に逆らったのはそのことが原因だ。

しかも、アーサーがグレースを寝室から追い出した翌日、

『亡き父が弔われた教会に行きたいので、自分に休暇をください』

そう言い残して、デュークはマリガン王国に向かったまま、三週間も帰ってこない。

(今まで、パトリックの死に様《ざま》など気にしたこともなかったくせに……。そもそも、少し前までマリガンにいたんだぞ)

別に思惑があるようだったが、デュークがそれを口にすることはなかった。


アーサーが何度めかのため息をついたとき――。

「ねえ、ねえ、アーサー、聞こえてる？」

その声に見下ろした瞬間、風に舞った亜麻色の髪が彼の頬を掠めた。見つめる瞳が美しい紫色に見え、彼は心臓を鷲掴みにされた。

息が止まる。

『わたしも、愛してる。アーサーのこと、ずっと愛し続けるわ』

グレースの甘いささやき、真新しい藁の香り――すべてが鮮明に思い出され、アーサーは眩暈を感じた。

「あの……アーサー、気分が悪いの？　だいじょ……う」

「私の名を呼ぶな！」

思わず、ホリーに向かって怒鳴りつけていた。

「ごめ……申し訳ありません……陛下」

怯えるホリーの声を聞き、彼は胸の中で舌打ちする。

（こんな少女に八つ当たりしてどうする）

ホリーに乗馬を教えてやると言い出したのはアーサーのほうだった。

自分の知らない十年間のグレースのことを、少しでも聞き出すためだったが……。実際のところ、ほとんど聞けずにいた。

九歳にもなれば、ホリーも周囲の大人が話すことの半分以上は理解しているだろう。そのホリーから、グレースの周囲には彼女のことを信奉するたくさんの男がいた、などと言われたら……とても平静ではいられない。

そして、そんな動揺を認めることすら苦痛だった。

「ああ、いや、考えごとをしていたせいだ。前に言ったとおり、他の人間がいないところでは、名前で呼んでかまわない」

慌てて言い訳するが、ホリーは身を竦めたまま動かない。

相手はグレースの妹だ。彼女も、憎きシンフィールド子爵の血を引く娘だった。気を遣ってやる必要などないはずなのに、なぜかホリーの泣きそうな顔を見ると、居《い》た堪《たま》れない気分になる。

「グレースの……おまえの姉のことを聞かせてくれないか？」

「お姉様のこと？　どうして？」

「それは……」

ホリーの問いにどう答えていいのか迷う。

「お姉様がアーサーの……じゃなくて、陛下のお嫁さん候補だから？」

黒い瞳が彼をまっすぐに見つめる。

懐かしい、見覚えのあるその瞳は、適当にごまかすことを許さないと言っているようだ。

「アーサーでいい。二度と怒鳴ったりしないから……そう呼んでくれ。ホリー、おまえはグレースが私の花嫁になればいいと思ってるのか？」

彼は努力して笑顔を浮かべながら尋ねると、ホリーは嬉しそうな声で答えた。

「もちろん！　だってあたし、オークウッドよりここが大好き。だって台所《キッチン》や洗濯場《ランドリー》のお手伝いもしなくていいし、毎日お姉様に会えるもの！」

グレースを寝室から追い出した翌日、アーサーは言い過ぎたことを自覚して、彼女にホリーとの面会を許可した。

一日一回、それも一時間だけ、侍女と衛兵の監視付きである。

それにしても、ホリーは笑うと本当にグレースと瓜ふたつだ。満面の笑みを向けられると、アーサーはどうにも落ちつかなくなる。

彼は咳払いして気持ちを切り替え、ホリーに尋ねた。

「それでいいのか？　同じ王城内にいながら、自由に会えないんだぞ」

「同じお城の中にいられるだけで、とっても幸せなの！　それに、アーサーのお嫁さんになったら、お姉様はずっとここにいられるのでしょう？　そのときは、あたしも一緒にいていい？　それとも、アーサーもあたしのことを追い出すのかなぁ」

ホリーの不安そうな声にアーサーはびっくりする。

「どうして追い出すなんて思うんだ？」

「えっとね……新しいお父様はあたしのことが嫌いで、領主館から追い出そうとしたんですって。でも、お姉様は自分が出て行くから、代わりにあたしを子爵令嬢として育ててほしいってお願いしてくれたの」

それはあまりに予想外の言葉だった。

男と遊び過ぎて、領地中にふしだらな噂が知れ渡っている〝シンフィールド子爵家の恥知らず〟──彼が聞いていたグレースの話は、いったい……。

『ずっと一緒に暮らせるようにしてやる。だから、もし、グレースに城から出て行こうと言われたら……こっそりと私に知らせるんだ。それに、私と話した内容は誰にも言わないこと。約束できるな？』

アーサーは今朝、ホリーを馬から下ろし、別れ際に言ったことを思い出していた。

(恨みはどうした？　復讐はどうなったんだ？　グレースを王妃にする気か？　そんなことをすればパトリックに申し訳が立たない。それにデュークにも……)

〝王の間〟のバルコニーに立ち、王城の敷地内を散策するグレースとホリーの姿を目で追いながら、そんなことを考えていた。

彼の苛立ちは募る一方なのに、グレースのほうは違うらしい。こうして見る限り、アーサーが傍にいなくても、彼女は楽しそうに笑っている。

一番の理由は、ホリーと一緒にいるせいだろう。

それに侍女たちの話を聞くと、グレースは侍女や女中たちの受けもよく、他の花嫁候補者たちともずいぶん仲よくしているという。

（どうしてあんなに楽しそうなんだ。私はこんなに……いや、いっそ、衛兵に笑いかけた罪だと言って、無理やり……）

アーサーは無謀な想像をして、これ以上ないほど深いため息をつく。

そのとき、頬に痛いくらいの視線を感じた。視線の主に見当がついたため、アーサーは反対側に顔を向ける。

しばらく黙っていたが、その視線が途切れる様子もなく……。

アーサーは渋々声をかけた。

「ジェマ、言いたいことがあるようだな。特別に聞いてやろう」

「はい、陛下、ありがとうございます！　それで……もう、そろそろ、降参なさったらどうでしょうか？」

ジェマの言葉は抽象的だが、その内容はよくわかった。

「誰に、だ？　そもそも、王たる私が降参するなど、あってはならないことだ」

「それは、そうなのですが……でも、グレース様には……」

ショボンとしてうつむくジェマを横目で見つつ、彼女に気づかれないよう、アーサーはもう一度ため息をついた。

このジェマだけではない。実を言えば、同じことを大臣たちにも言われている。

今現在、カークランド王国の王族は、ほぼアーサーひとりだけだ。クーデターで両親と兄三人を殺されただけでなく、両親の兄弟姉妹とその家族までも殺されたせいだった。

『一日でも早いご結婚を、家臣一同、お待ち申し上げております。そして、多くの子宝に恵まれますように』

正式に即位したアーサーが、大臣たちから真っ先に望まれたことは……結婚と子作りだった。

本来なら、キルナー将軍を倒した直後、すぐに戴冠式を執り行う予定にしていた。

だが、アーサーの花嫁選びが一向に進まず、先延ばしにしているうちに、これ以上、正式な国王がいない状態は望ましくないと言われ、今年の春、簡素な即位式のみ行った。

もちろん、大臣や領主たちの気持ちもわからないではない。

もし今、ふたたびこの国が混乱に巻き込まれ、アーサーに万一のことがあれば、王家の血筋は途切れ、この国を纏める者はいなくなってしまう。

そんな中、アーサーはマリガン王国からひとりの貴族令嬢を連れ帰った。しかも道中、アーサーは彼女との関係を隠すでもなく、同衾までしていたのだ。

なんと、そのことは議会でも話題になった。

『マリガン王国の子爵家令嬢なら、血統は申し分ありません。もう少しお若いほうが、お子様に恵まれそうですが……まあ、すでにおひとりいらっしゃるので、出産には問題ないでしょう』

大法官までもがそんなことを言い出した。

グレースとともに連れてきたホリーのことは、彼女の娘だと思われているらしい。たしかに、ふたりは亜麻色の髪がよく似ている。再会したグレースの髪は多少色濃くなっていたが、ホリーの髪の透明感はかつてのグレースを思い出させるものだった。

ふっくらとした頬に真っ白い肌、愛らしい声、そして大きな瞳もそっくり過ぎて……馬上でうっかり動揺してしまったくらいだ。

ただ、その瞳の中で煌めく宝石がグレースの紫水晶ではないことが、アーサーの胸に小さな疑問を落としていた。

(グレースはどうしてあんなにまで、ホリーのことを守ろうとするんだ?)

ホリーの言葉を信じるなら、グレースが領主館から出て行った理由は、妹のため、ということになる。

家族のいないアーサーには、妹のために必死になるグレースの気持ちが、今ひとつわからない。

ただ、わからないから救われている部分もある。

家族との幸せな思い出があり、大切な家族が殺される瞬間を覚えていたりしたら、アーサーは冷静にクーデター政府を追い込む作戦など立てられなかっただろう。キルナー将軍を目の前にするなり、突撃したかもしれない。

だが、王国も王城もアーサーは取り戻した。

孤独と憎悪を糧《かて》にして、ひたすら戦いに身を投じた結果で、ある意味グレースのおかげとも言える。

彼女と別れて以降、女性に心を動かされたことは一度もない。

同じあやまちは繰り返さないと、パトリックの死に固く誓ったせいだ。

アーサーは髪を掻き毟るようにして、ふたたびグレースのほうに視線を向ける。チラリと見るだけのつもりが、目を奪われるように見つめてしまい……。

「優しい方ですよね、グレース様って。マリガン王国に比べたら、充分な食材もありませんし、立派なドレスも用意できませんのに……。文句ひとつおっしゃらず、生活環境も変わって大変でいらっしゃるでしょうに」

ジェマはアーサーの視線に目敏く気づき、とたんにそんなことを言い始める。

言われなくとも、他の花嫁候補者から話は聞いていた。

リースベット以外の候補者は皆、カークランドの貴族階級の娘だ。父親は大臣や領主の立場にある。父親が表立って逆らわないよう、人質のようにクーデター政府の要職にある男の妻にさせられた娘たちだ。それも形ばかりで、実際のところは愛人のような扱いだったという。

キルナー将軍は国教会の定めた戒律を無視し、軍の規律が乱れることを看過した。

クーデター政府が幅を利かせた二十年の間に、国力は大きく低下してしまった。貴族をはじめとした上流階級が力を失っただけでなく、国教会まで機能しなくなってしまったせいだ。そのため、この二十年間で、城下で誕生した子供の半数が庶子だった。

その状況で、純潔を重んじろと言うほうが無理な話だろう。

グレースはその話をジェマから聞き、自分がカークランド王国の実情にそぐわない、無知な見解を口にしたことを謝罪したらしい。

以降、彼女たちと仲よくなったという。

それに、もともと家庭教師だったグレースは、外国語や音楽、社交界でのマナーなど、花嫁候補者たちだけでなく、侍女たちにまで教えていると聞いた。

ジェマがやけにグレース贔屓《びいき》なのも得心がいく。

「ホリー様は妹とお聞きしましたけど……もし、お子さんだとしても、グレース様なら王妃様にピッタリだと思います」

「……」

アーサーは口を開きかけては閉じる、という行為を繰り返す。

(誰も彼も……十年前のことを知らないから、そんなことが言えるんだ!)

ジェマをはじめとして、ほとんどの人間はアーサーとグレースの経緯を知らない。

パトリックが死んだ理由も、グレースの父親の所業も、すべてを話せばアーサーの名誉にかかわるからだ。

　さらにはマリガン王国との関係にも問題が生じかねないので、当時のことを知るわずかな人間も黙っている。

「そんなことより、デュークはまだ戻らないのか!?」

「お戻りになられたら、何をおいても、陛下の前に参られると思います。それに、王妃様の問題は『そんなこと』ではありません！　〝王の間〟に集まった、大臣以外の皆様もおっしゃっていました……」

　花嫁選びは国王となったアーサーにとって最重要課題だ。

　それにもかかわらず、真面目に向き合おうとしないアーサーに、ジェマは口を尖らせて不満そうな顔をした。

「〝王の間〟といえば、貴族たちか？　何を言っていた？」

「もし、ランツ公国のリースベット様を選ばれたら、国民から不満が出るだろう、と。ランツ州では公国復活の動きもあるとか、ないとか……」

「それなら、すでに報告を受けている。リースベットを女公爵にしようという動きだろう？　そうさせないために、彼女を王城に留め置いているんだ。別に、王妃にする目的ではない」

　アーサーの返事を聞くなり、ジェマの顔がパアッと明るくなった。

「では、やはり、グレース様が王妃様に？」

「ジェマ、もうよい。下がれ」

冷ややかな声で命令すると、ジェマは表情を硬くした。

グレースとホリーのおかげで、すっかり人間らしくなったと噂されるアーサーだが、怒らせると怖いことは誰もが知っている。

ジェマもキュッと口を閉じ、深々と頭を下げてバルコニーからいなくなった。

グレースは男だけでなく、女まで夢中にさせていく。それが打算や悪辣《あくらつ》な思惑ではなく、彼女の魅力だとしたら？

アーサーを売った金で外遊していたわけでもなく、オークウッドの領主館近辺に流れる噂も、でたらめだったときは？

(彼女はホリーが慕うとおりの、妹思いの優しい姉なのか？　私がかつてそう感じていたとおりの……)

そこまで考え、アーサーは首を振った。

「ウィリアム・アーサー・カークランド――おまえはまた、同じあやまちを犯すつもりか!?　今度は私ひとりでは済まないんだぞ！」

声に出して叱咤し、アーサーはグレースに背を向けた。

☆　☆　☆

同じころ――。

アーサーに呼ばれた気がして、グレースは王城のバルコニーを見上げた。

下からでは灰色の煉瓦しか見えないが、あのバルコニーの奥にアーサーの寝室がある。

彼はグレースを寝室から追い出してからも、毎夜、花嫁候補者を呼びつけ、親密な時間を過ごしているという。

彼女たちはみんな、グレースに優しい声をかけてくれるが、アーサーとのことだけは話してくれない。

口止めされているようだが、その理由はグレースにはわからない。

わからないが……おそらく、『抱く気が失せた』『おまえに……飽きた』あの言葉がすべてなのだろう。

そう思うたび、心の内で燃やし続けてきた愛の火が、とうとう燃え尽きてしまいそうな錯覚に陥《おちい》る。

「どうしたの？　お姉様」

ホリーに声をかけられ、グレースは力なく笑った。

「なんでもないわ。さあ、もうそろそろ一時間が経ってしまうわね」

毎日、午後の一時から二時までの一時間、グレースはホリーに会わせてもらえる。

王城から出ることはできないが、敷地内には宮殿以外にも建物が点在しており、それぞれに無数の部屋がある。探索する場所はたくさんあった。

外遊びなら、裏庭や宮殿の内庭など、整えられた庭も多い。

敷地内には大きな礼拝堂がふたつもあるので、安息日の礼拝にも不自由しなかった。

しかも、宮殿前の広場は、許可証を持った商人たちが屋台を並べたり、筵《むしろ》を敷いて物を売ったりする日まである。

今日がその日で、使用人の身内なら、広場まで出入りが自由だ。

もともとこの国では国王と国民の距離が近く、多くの国民が大事な家族のように、王族のことを口にする。アーサーが畏怖されていても、嫌われていないのがいい例だ。

両者に高い壁があり、近づきがたい雰囲気のあったマリガン王国の王宮とは、その辺りがまるで違った。

(尊敬の念を持って、一線を引いて接するのが当然と思っていたけれど……。この国のように、身近に感じることのできる王族というのも、素敵な存在なのかもしれない)

しかし……ホリーに会いたいという願いを叶えてくれたのは、アーサーの気遣いだろうか？

それとも、デュークが頼んでくれたのか。

あのデュークの態度を思い出す限り、グレースに同情してくれたとは考えられない。だがここ数週間、デュークの姿を見ていないのも気にかかった。

「毎日お姉様に会えるようになって嬉しいけど……もうちょっと長く一緒にいられるよう、陛下にお願いしてみようかなぁ。だって、陛下って怖く見えるけど、とっても優しいんだもん」

アーサーはホリーに乗馬を教えると約束した、と言っていた。

どういう経緯でそうなったのか、とホリーに尋ねても、

『あのね。誰にも言っちゃダメだって。約束だから言えないの』

そう言ってグレースにも教えてはくれない。

「ホリー、どれほど優しくても、国王陛下に我がままを言ってはいけません。たとえ一時間でも、会わせてもらえなくなるかもしれないのよ。それでもいいの？」

ホリーは少し残念そうな顔をしたあと、ニコッと笑った。

「はい、もう言いません。あのね……あたし、陛下のこと、とってもいい人だと思うわ。お姉様の次に好きよ。だから……ううん、いい」

ホリーは笑顔のまま首を左右に振る。

領主館では、小さな大人と呼ばれる年代のホリーは、大人の女性と同じようなドレスを着せられていた。

だがカークランドでは、コットンのエプロンドレス姿だ。くるぶしが見える丈で、走り回って遊べるようなドレスを着せてもらっている。

普段、王城内に子供はいない。だが、広場に出入り自由の日は、大人だけでなく、使用人の子供たちまで大勢集まってくる。その子供たちと遊ぶのもホリーの楽しみになっていた。

オークウッドでは、同じ年代の子供たちと遊ぶことも許されず、女中のような仕事をさせられていたのだろう。

それもこれもグレースのせいだと思うと、せめて、ここで暮らしたいというホリーの願いだけは叶えてやりたい。

「ええ、そうね。とてもお優しい方だと思うわ。お姉様からもお願いしてみるから、ホリーはいい子にしているのよ」

「はーい！」

嬉しそうに答えるホリーの頭を撫でながら、グレースも微笑んだ。

ホリーを西館に向かう通路まで見送り、グレースは宮殿のすぐ裏にある、スカーレット礼拝堂に立ち寄った。

途中、侍女から声をかけられたとき、

『スカーレット礼拝堂で祈りを捧げてから、宮殿のお部屋に戻ります。そのことを、ジェマに伝えてくださるかしら』

グレースがそうお願いすると、侍女は快諾してくれた。

宮殿の裏には、かつて数百年の歴史を誇る礼拝堂が建っていたという。

しかし、クーデター政府との戦いでほぼ失われてしまったのだ。土台だけ残っていたため、アーサーが新しく建て直したのだった。

新しい礼拝堂には彼の母親であり、クーデターで命を落とした前王妃の名前がつけられた。

王城にはもうひとつ、聖ヘレナ礼拝堂がある。

そちらは築百年足らずで、王城の一番奥、兵舎や武器庫の近くにあった。当然のように、周辺は衛兵たちがひしめいており、グレースはあまり近寄らないことにしている。

また誤解をされて、アーサーの怒りを買うわけにはいかない。そのため、グレースはできるだけ女性の中にいた。

（この次、怒りを買ったとき……それはきっと、永遠の別れになるはずだもの）

同じ城の中にいながら、アーサーに会えないのはつらい。

だが、彼の傍にいられるだけでいい、と望んだのはグレースだ。

声をかけてもらえなくとも、たまに姿を見られるなら、それだけでも神に感謝しなくてはいけない。

(それに、ホリーとも毎日会えて、わたしはとても幸せだわ。だからこそ、ここを出て行くのは……)

近い将来、アーサーは結婚して王妃を迎える。

それを近くで見続けることは、グレースには耐えられないだろう。

そのときこそ、グレースがこの城から出て行くときだ。もちろんアーサーに真実を告げ、ホリーを託した上でのことになる。

(王妃様になられる方が、ホリーのことを受け入れてくださるといいのだけど……その前に、アーサーが認めてくれるかどうか)

いろいろと悩みながら、礼拝堂の中に足を踏み入れた。

石造りの礼拝堂は、城壁と同じ灰褐色の大きめの石で積み上げられている。この三年以内に建てられたものとはいえ、破壊を免れた石の使い回しも多いようで新しさは感じない。

木で作られた長椅子だけ、真新しいものが並んでいた。

グレースは壁際の側廊を通り、祭壇の前までいく。そして、祭壇に置かれたマリア像を見上げ、グレースは膝をつき――。

その直後だった。

ドーン、と大きな爆発音が聞こえ、同時に地響きがした。

「きゃあっ！」

足の裏から震動が伝わり、礼拝堂の建物も揺れる。

グレースはとても立ち上がれず、手を伸ばして祭壇にしがみつく。

(何？　何が起こってるの？)

まさか、いきなり大砲で攻め込まれたということはないだろう。

誰かが間違いを犯し、火薬庫に引火した場合、一度くらいの爆発で済むはずがない。

もっと立て続けに爆発音が聞こえるはずだ。

グレースは耳を澄ませるが、それ以上、大きな音は聞こえてこない。

しばらくして、恐る恐る立ち上がった。

だが、祭壇から手が離せない。まるでマリア像に救いを求めるかのように、グレースは縋りついたままだった。

だが、マリア像を見ているうちに、ハッと我に返る。

「ホリーが……」

たった今、別れたばかりのホリーの姿が、グレースの胸に浮かび上がる。

（ホリーは大丈夫かしら？　今の音がもし、西館のほうで上がった音だったら？）

グレースは大きく息を吸うと、祭壇から手を離した。

白い平織り綿に赤い小花が描かれたデイドレスの裾を、ほんの少したくし上げると、今度は身廊を急いで駆け戻る。

重厚な木の扉に取り付けられた真鍮の取っ手に手をかけたとき、すぐ外から話し声が聞こえてきた。

「ああ……あんなに大きな爆発になってしまうなんて……怪我人が出ていないといいのだけれど……」

それは女性の声だった。

独特の話し方から、その女性がランツ公国のリースベットだとすぐにわかる。

（リースベット様がこんなところに？　ほとんど出歩かれない方なのに）

他の花嫁候補の女性たちとは、この一ヶ月でずいぶんと仲よくなれた。

アーサーがその中から誰を選ぶにせよ、ホリーのことも考えて、できる限り友好な関係を作っておきたかった。グレースの娘など面倒をみたくない、と言われないように、グレースにできる精いっぱいのことをやってきたつもりだ。

だが、このリースベットだけは、どうしても心を通わすことはできなかった。

ジェマたちの話を聞く限り、ランツ公国に逃げ込んだキルナー将軍は、とんでもない人物だったように思う。

そんな人物を匿わなければならないランツ公国側にも、何かの理由があったに違いない。

しかし、どんな理由があるにせよ、倒すまで引くわけにはいかなかったアーサー側の気持ちもよくわかるのだ。

結果、アーサー率いるカークランド軍は、リースベットの父を戦場で死に追いやった。

そのアーサーの花嫁候補として、十五歳で異国の王城まで連れてこられたのだから、グレースには想像もできない葛藤があったのだと思う。

今のリースベットは十六歳。事情は違えども、グレースがその年齢のときは、毎日泣き暮らしていた。

だが、グレースにはホリーがいた。

それに比べたら、彼女はたったひとりで懸命に耐えている。

(少しでも、わたしにしてあげられることがあれば、そう思っていたのだけど……。でも、今のは?)

リースベットはたしかに、『あんなに大きな爆発になってしまうなんて』と言った。

それではまるで、彼女が爆発を起こしたみたいではないか。

グレースはちゃんと確認しておこうと思い、取っ手を握る指に力を加え、扉を押し開けようとした。

「姫、気にする必要はありません。巻き込まれたとしても、王城の衛兵か使用人です」

その声を聞いた瞬間、グレースの身体はピタリと止まる。

「でも、今日は広場に出入り自由の日よ。だからこそ、おまえたちだって王城に入ることができたのでしょう？　なんの罪もない女性や子供の命を奪ってしまったら」

「それでも、カークランド国民です！　ウィリアムは、姫のお父上である公爵閣下のお命を奪った宿敵。奴を主君と仰ぐカークランド国民も同罪です」

「よくお考えください。奴は、ランツ公国の正統なる後継者、リースベット殿下から領土を奪った男なのですぞ。挙げ句、十五歳の殿下に辱めを……」

「やめてちょうだい！　王は花嫁候補として、わたくしを王城に連れてこられたのよ。そんな、辱めなんて……」

トクン……トクン……と鼓動がしだいに激しくなっていく。

ひょっとしたらグレースは、とんでもない場所に居合わせてしまったのではないだろうか？

礼拝堂の外にはリースベットの他に、最低でもふたりの男がいる。

リースベットを『姫』と呼ぶ男と、年老いた声の男――この男たちはランツ公国の故ユングレーン公爵の家臣なのだ。おそらくは、宮殿前広場の出入り自由の日に合わせて、許可証を手に入れ、国民のふりをして侵入してきたのだろう。

このことをアーサーに、一刻も早く伝えなくてはならない。

だが、この礼拝堂の出入口はひとつだけ。あとは天窓か、祭壇の後ろにステンドグラスのはめ込まれた窓があるくらい。

そのどちらも、開閉のできない窓だった。

(ああ、ダメだわ。礼拝堂の前にリースベットたちがいる限り、わたしはどこにも行けない……どうしましょう?)

さっきの爆発が彼らの目的とは思えない。

となると、リースベットを取り返すことが彼らの目的だろうか?

だが、入るときはどうにかなったのだろうが、こんな騒動を起こしてしまったら警戒は厳しくなる。いったい、どうやって脱出するつもりだろう。

グレースが息を潜《ひそ》めて彼らの話を聞こうとしたとき、駆けてくる足音が聞こえた。

「おいっ!　大変だ。ウィリアムがこっちに来る!」

新しい声だ。比較的若い男の声に聞こえる。

これで男は最低でも三人になった。

「どうして、こっちに来るのだ!　爆発は反対側でさせたのに」

「こうなったら仕方がありませんな。おお、そうだ!　この礼拝堂で奴を待ち伏せするとしよう」

年老いた声の男が、とんでもない提案をした。

悩んでいる暇はない。彼らが礼拝堂の中に入ってきてしまったら、グレースと鉢合わせをしてしまう。それだけは避けなくてはならない。

グレースはドレスの裾をさっき以上に持ち上げ、全速力で身廊を走り抜けた。

彼女が祭壇の裏に身を隠したと同時に、礼拝堂の扉が開く。

（これじゃよけいに知らせに行けない。ああ、でも、ひょっとしたら、誰かが彼らのことに気づいて、アーサーに知らせてくれたのかもしれないわ。邪魔をしないように、ちゃんと隠れていなくては）

祭壇横から覗き見ると、やはりそこにはリースベットと三人の男がいた。

ふたりの男はすぐさま、長椅子の間に身を潜める。

そしてリースベットとともに祭壇のほうに向かって歩いてきたのが、七十歳は超えているであろう老齢の男だった。

「エーケンダール宰相、考え直すことはできない？　わたくしがこの国の王妃となって、王にランツ公国の再興をお願いするわ。だから……」

「リースベット殿下、お言葉ですが、我々は何度も申し入れたのです。殿下を女公爵としてランツ公国を再興されたい。それが無理なら、カークランドの王妃とした上で、ランツ公国を共同統治にしていただきたい、と。ですが――」

アーサーはずっと明確な返事をしてこなかった。

だが半月ほど前、ランツ州全域にリースベットの処遇を告示したという。

ランツ公国の再興はならず、リースベットがカークランド貴族と結婚した場合のみ、夫がユングレーン公爵を名乗ることを許可する。そのときは、現在のランツ州内に一定の公爵領を与える。

その告示に、彼らの怒りは限界を超えたと話す。

「公爵領はかつての十分の一にも満たないのですぞ！　そして、リースベット殿下を王妃に迎えることは絶対にない、との返事。我が国の公女を疵物《きずもの》にしておきながら……」

リースベットから、エーケンダール宰相と呼ばれた男は口から泡でも吹きそうなほど、怒りに声を震わせている。

「そう……王は、わたくしを王妃には、してくださらないのね……」

そのささやきを聞いた瞬間、グレースは彼女の本心がわかった。

リースベットはアーサーのことを……父親の仇でもある男に恋をしているのだ。

浴場でグレースを睨んだのは、そのことが理由に違いない。自分以外の五人とは違う、マリガン王国の貴族の娘がやってきたことを警戒したのだろう。

マリガン王国というだけで、ナタリー女王の後見があるように思えなくもない。

彼女の目にはグレースが、最大の恋敵に映ったことだろう。

若くて、たぶん経験のない彼女なら、アーサーのほうから愛を理由に、強引に奪ってほしかったはずだ。

あのとき、グレースはそれに気づかず、リースベットにとって最大のチャンスを横取りしたことになる。

ただ、ジェマたち侍女の話を聞く限りでは、カークランド国民はリースベットを王妃に、とは望んでいないようだ。

もちろん、アーサーしだいなのだろうが……。

彼自身が『王妃に迎えることは絶対にない』と言うなら、ないのかもしれない。

「リースベット殿下……よろしいですな？」

エーケンダール宰相は、思わせぶりな低い声を出すと、リースベットの顔を見ながらゆっくりとうなずいた。

そして、リースベットもゆっくりと首を縦に振った——。

☆　☆　☆

「陛下、今宵はどちらのご令嬢をお召しになりますか？」

バルコニーに立ち、グレースを見つめ続けることがあまりに苦しくなり、アーサーは彼女に背を向けて〝王の間〟から寝室に戻った。

そして午後の二時を少し回ったころ、従僕から、日課となっている質問をされたのである。

尋ねるほうもいささか呆れた声だが、答えるアーサーも返事よりため息が出てしまう。

アーサーには複数の従僕がつき、着替えの手伝いをはじめとした身の回りの世話は、すべて彼らに頼んでいた。侍女もいるが、女性は部屋の清掃やベッドメイクなど、アーサーの担当というより、部屋の担当だ。

デュークのいない現在、もっともアーサーの身近にいるのはこの従僕たちだった。

彼らは何も言わないが、アーサーが花嫁候補を寝室に〝呼びつけるだけ〟ということに気づいている。

そして、この城に王として入城したアーサーが、狂おしいほど求めた女性がグレースひとりであることも。

マリガン王国からの帰路、グレースと同衾したことも、浴場における情事も、すべて日常的なものではない。それどころか、アーサーに仕える人間にとって、驚天動地《きょうてんどうち》ともいえる出来事だった。

（たしかに、大臣たちから、結婚や子作りを迫られても仕方がない。グレースがどれほど身持ちの悪い娘であったとしても、私が妃にしたいと言えば誰も反対しないだろうな）

それはおそらく、リースベットであっても同様だっただろう。アーサーが彼女を王妃にしたいと言い張れば、渋々でも承諾したはずだ。

ジェマには、リースベットを女公爵にして公国復活の動きを阻止するためにも、王城に花嫁候補として留め置いている、と言ったが……。

本心は、リースベットの父親を殺したという罪悪感から、彼女を王城に連れてきた。決して人前では口にできないが、彼女が大人の女性になったとき、王妃にすることを考えてもいい、と思ったこともある。

だが、それが不可能だということに、アーサーはようやく気づいたのだ。

十年前、裏切られた思いと憎しみに心の目が曇った。

戦いの日々が続き、愛情や温もりといった穏やかな記憶の上に殺伐《さつばつ》としたものが積まれ、アーサーには何も見えなくなっていた。

グレースと再会し、彼女に触れるごとに、心に積もった塵《ちり》が払われていき――。

彼の胸の中心には、〝愛の誓い〟と〝グレース・オリヴィア・シンフィールド〟の名前がくっきりと刻まれていた。

愛はとうの昔に消えたと思っていた。

グレースの父、ハミルトンに裏切りの楔《くさび》を打ち込まれ、彼女の愚かさも後押しして、ふたりの絆は引き裂かれたはずだった。

ところが、その楔は逆にふたりの仲を強固なものにしたのかもしれない。

少なくとも、アーサーにとっては……。

(グレースの過去をすべて許すと言えば、彼女は私だけを愛するだろうか？　いや、そもそも、彼女は本当にそんな罪を犯しているのか？)

たったひとりの妹、ホリーのため、領主館の安穏な暮らしを捨てたグレース。そんな彼女がわざわざ男遊びのために、家庭教師をするとは思えない。

だが、別れて半年あまりで、アーサーのことなどすっかり忘れていたことも事実――。

(デュークが調べ上げたんだ。それに、ル・フォール王国に行っていたことはグレースも否定していない。だから、それは間違いない……はず)

心の声が少しずつ気弱になる。

グレースはアーサーに抱かれるまで無垢だった、と本人が言っていた。

そして、あの経験は彼にとっても初めてのことだった。絶対とは言えないが、グレースの言葉は嘘ではないように思う。

彼が姿を消したことで裏切られたと思い、アーサーと同じ身分の低い男に身を任せるようになったのだとしたら？

　もしそうなら、オークウッド州の領主館近くで噂されるグレースのふしだらな行いの原因は、アーサーということになる。

　だからこそ、一連のことをもう一度デュークに確認したいのに……。

(奴はいつまで、マリガン王国をうろついているつもりだ!? どうして、さっさと帰ってこない!!)

　苛立ちを露わにしたまま、アーサーは胸に浮かんだ女性の名前を、無意識のまま口にしていた。

「……グレース」

「え？ あ、いえ、はい、了解いたしました！」

　従僕は一瞬驚いた顔をしたが、すぐさま、張り切った声で返事をして、部屋から出て行こうとする。

「いや、ちょっと待て！」

「はっ、はい」

　慌てて引き止めたものの、アーサーは従僕を睨んだまま浅い呼吸を繰り返した。

　グレースの存在は、アーサーの胸から生涯消すことはできないだろう。

『泣いても許さない。だが、泣かせてやりたい。おまえをもっと、傷つけ、苦しめ、罰してやりたいだけ……』

腹立ち紛れに、そんな言葉をぶつけたことを思い出す。

どれほどの言葉で罵っても、胸に重石を載せたような息苦しさは消せない。この重石を一瞬で取り除くことのできる魔法の呪文をアーサーは知っていた。

たったひと言、告げればいい。

グレースに『愛している』と。

(きっと彼女も愛の言葉を返してくれるはずだ。たとえ、偽りだとしても。死ぬまで私を騙してくれるなら……。私さえ信じ抜けば、その愛は真実になる)

アーサーは懸命に自分を納得させようとする。

だが、心の片隅で彼の愛が目隠しを拒むのだ。偽りでは嫌だ、と。初めて恋を知った十六歳の少年のように、純粋で無垢な愛情が欲しい。自分と同じだけグレースにも愛してほしいと、彼の心は血を流すように叫んでいた。

アーサーは呼吸を整えると従僕に命じる。

「いや……ああ、そうだ。グレース――グレース・オリヴィア・シンフィールドを、できるだけ早く〝王の間〟に――」

彼の意志でグレースの名前を告げたとき、爆発音が聞こえ、宮殿が揺れた。

バルコニーから白い煙がモクモクと上がる方向を見定めたあと、アーサーは騒然となる宮殿内を駆け抜けた。

こういった場合、国王であるアーサーの傍を決して離れず、警護するのは侍従武官のデュークの役目だった。しかし、間の悪いことにデュークは不在だ。

衛兵たちもそれがわかっているのだろう。

アーサーの身を案じるあまり、ほとんどが彼のあとをついて来ようとする。

「衛兵！　正門を固めろ。ネズミ一匹でも城から出すな！　入城も阻止するんだ！」

そんな彼らを一喝《いっかつ》して、アーサーは正門に向かわせた。

岩山の上に建てられた王城は、三方を断崖に囲まれている。王城への道は一本のみ。その道から上がって来る敵を狭路に誘い込み、一網打尽にできるよう正門は配置されていた。

爆発は王城の敷地内で起こっている。中に忍び込んだ敵は、商人や村人に紛れて入り込んだごく少数だろう。

まさに袋のネズミと考えたが――そのとき、意外な人間が正門から飛び込んできた。

アーサーが帰国を待ち侘びていた、デュークだった。

「陛下！　坂の途中で爆発音が聞こえました。お怪我はございませんか!?」

「遅いぞ、デューク！　煙が上がっているのは西館に近い。ホリーが心配だ……あ、いや、私には、あの少女を無理やり連れてきた責任がある。だから……」

ホリーの心配をするアーサーの言葉に、デュークの淡褐色の瞳が曇った。

思わず、言い訳めいたことを口にするが……。

「西館には自分が向かいます。ホリー様は自分がお守りいたします！　陛下はグレース様のお傍に！」

デュークは言うなり、西館に向かって走っていく。

「……ホリー、様？」

（マリガン王国で、奴に何があったんだ？）

いきなり、〝様〟を付けて呼び始めたデュークの変わりように、アーサーは開いた口が塞がらない。唖然としたまま、その背中を見送る。

直後、西館の方角からひとりの侍女が駆けてきた。

「ああ、国王陛下……よいところに」

「どうした？」

「あの……グレース様が、おひとりでスカーレット礼拝堂に向かわれて……そうしたら、爆発音が聞こえて……私、引き返したほうがよかったのでしょうか？　グレース様に何かあったら……」

バルコニーから見た白煙は、スカーレット礼拝堂の方角ではなかった。

だが、一瞬のうちに、アーサーの中に嫌な予感が湧き上がってきて——。

（グレースを……失いたくない。彼女には、伝えなくてはならないことがあるんだ！）

そう思ったとき、彼の足はグレースのもとへと走り出していた。

☆　☆　☆

ただならぬリースベットの表情を目にして、グレースは背中に冷たいものが流れていくのを感じた。

刹那《せつな》——スカーレット礼拝堂の扉が一気に開く。

「グレース！　いるんだろう、グレース！　返事をするんだ!!」

アーサーの声だった。

だが、彼はなぜかグレースの名前を呼んでいる。

（わ、わたし？　どうして、わたしの名前を呼ぶの？）

こんな状況では出て行くこともできず、グレースは祭壇の後ろに隠れたまま、青褪めていた。

「グレース、爆発音が聞こえなかったのか？　ホリーは迎えをやった。おまえもすぐに〝王の間〟に……誰だ⁉」

アーサーも礼拝堂の中にいる女性がグレースではなく、リースベットであることに気づいたようだ。

「リースベット？　そこにいるのはリースベットなのか？　どうして、こんなところに……いや、待て、その男、見覚えがある」

そういえば、エーケンダール宰相と言っていた。

宰相といえば、国によって多少の違いはあるが、王族に次ぐ身分のはずだ。アーサーが顔や名前を憶えていてもおかしくない。

「たしか、インマル・エーケンダール宰相だったな。――おまえがなぜ、ここにいる？」

アーサーの声色がふいに低くなった。それは警戒を露わにした声だ。だが、彼以外の声が一向に聞こえない。

グレースは身体を低くして、そっと彼らの様子を覗き見た。

（え？　まさか、アーサー……ひとり、なの？）

本来なら国王の傍にいるはずの、侍従武官の姿がひとりも見えない。

礼拝堂の外に控えている理由もないので、アーサーはここまで、たったひとりでやって来たことになる。

それも、グレースを迎えにきてくれたのだ。

(あの侍女から聞いたんだわ。爆発音がしたから……わたしのことを心配して?)

そう思うだけで嬉し涙が浮かんできてしまう。

だが、そんな場合ではなかった。

「リースベット、これはどういうことだ? 答えろ」

「わたくし……わたくしは……エーケンダール宰相から、助けに行くと言われて……でも……わたくしは、王のお傍にいたいのです! どうか、わたくしを王妃にするとおっしゃって。どうか……」

リースベットはエーケンダール宰相を押しのけながら前に出て、祈るような仕草でアーサーに頼み続ける。

銀色の髪を振り乱し、恋する相手に必死な姿は、まさに十年前のグレースのようだった。

ひょっとしたら、アーサーも同じことを考えたのかもしれない。

彼の表情に隙が生まれ——その瞬間、グレースは視界に動く者の姿を捉えた。

「アーサー! 後ろよ!」

何も考えず、グレースは祭壇の陰から飛び出していた。

彼は驚いた顔をしたが、すぐさま腰の剣を引き抜き、飛びかかってきた男を一刀のもとに斬り捨てた。

だが、身を潜めていた男はもうひとりいる。

アーサーもその気配に気づいたようだ。すぐに剣を構え直したが、もうひとりの男はかなりの腕前らしく、二度、三度と斬り結んでも決着がつかなかった。

そのとき、開いたままの扉のほうから、複数の足音が聞こえてきたのだ。

「陛下、ご無事ですか!?　陛下ーっ！」

それはグレースにもわかる、デュークの声だった。

すると男は突然、叫び始めた。

「ランツ公国万歳！　公爵閣下万歳！　リースベット姫、心よりお慕いしておりました！」

声を聞いてわかった。

この男は最初にリースベットに声をかけた男に違いない。グレースがハッとして顔を上げたとき、男はアーサーに斬りかかった。

男の剣は見事に弾かれ、アーサーが自らの剣を振りきった直後、男は喉元から血を流しながら前のめりに倒れ込む。

スカーレット礼拝堂の身廊に、ふたりの男の死体が転がった。

アーサーの荒い息遣いが礼拝堂内に響き渡る。

その凄惨な現場を目の当たりにして、グレースは祭壇の横に立ったまま、身動きひとつできなくなっていた。

だが、そこで終わりではなかった。

「きゃっ！　エーケンダール宰相、やめて！」

まるで精神が壊れてしまったように、エーケンダール宰相は剣を抜くなり、目の前にいたリースベットに斬りかかったのだ。

「これで終わりだ。我々の望みは、すべて絶たれた。リースベット殿下ーっ！」

「きゃあーっ！」

リースベットは左腕を斬られ、よろけるようにしてアーサーの胸に飛び込んだ。

ちょうどそのとき、デュークが駆け込んできた。

彼らをチラリと見たあと、エーケンダール宰相はリースベットの姿を強いまなざしで睨み……手にした剣を逆手に持ち替え、自ら胸を突いた。

礼拝堂内にどよめきが広がる。

だが――。

グレースは恐ろしくて堪らないのに、目を逸らすことができなかった。エーケンダール宰相とリースベットの様子に、どこか違和感を覚える。

（人が変わったみたいに、リースベット様に斬りつけるなんて……いったい？）

そのとき、グレースの脳裏にエーケンダール宰相の言葉がよぎる。

『リースベット殿下……よろしいですな？』

あの言葉に、リースベットはしっかりと首を縦に振っていた。

次の瞬間、腕を斬られて震える〝ふり〟をするリースベットに、グレースは気づいてしまった。

リースベットはチラッとこちらを見て、小さく嗤《わら》い——斬られていない右手で光る何かを摑んだ。


グレースは背中を押されるように駆け出していた。

あの位置では、リースベットの身体はアーサーの陰になっている。その後ろに立つデュークに、リースベットが何をしようとしているか、見えるはずがない。

礼拝堂内は、三人の男が死んだことで安堵の空気が漂っていた。

アーサーはとても優しい人だ。人を信じ、愛し、たとえ傷ついても、誰かのためなら立ち上がることのできる立派な男性。

そして、この世に代わりのいない、カークランドの王。

きっと彼は腕の中の少女が、騒動に巻き込まれた犠牲者だと疑っていない。

グレースは長椅子を蹴り飛ばす勢いで、ふたりの傍に駆け寄った。

「アーサー!!」

リースベットを押しのけるようにしてアーサーに抱きつく。

そのときだった——熱い火掻き棒を押し当てられたような、焼けつく痛みが背中に走った。

「どうした、グレース……？　グレース！」

グレースとリースベットの間に何が起こったのか、アーサーには見えなかったのだろう。

すると、アーサーの声をかき消すようにリースベットが叫んだ。

「どうして、わたくしの邪魔をするの？　帰る国もなくなったわ。お父様もお母様もいない。わたくしにはもう何もない！　だったら、ウィリアム王をちょうだい！」

「ダメ……あなたは、アーサーを愛しているのでしょう？　だったら、傷つけてはダメ、よ……」

「ええ、そうよ。大好きだったわ！　王妃にすると、王から言ってほしかったのに……。あなたのせいよ。あなたが来たせいで、わたくしは王妃になれなくなったのよ！」

グレースが肩越しにリースベットを見たとき、彼女はふたたび右手を振り上げた。だが、振り下ろす寸前、デュークが飛びついて彼女の手から短剣を奪い取る。

その光景を目の当たりにして、グレースはホッと息を吐く。

直後、彼女の膝から力が抜けていった。

まるで糸が切れたように崩れ落ち――そこを、アーサーが抱き留めてくれた。

「……グレース……」

グレースの名前を呼ぶ声が震えて聞こえるのは、気のせいだろうか。

うっすらと目を開けると、アーサーの顔がこれまで見たこともないほど蒼白になっていた。

「誰でもいい、その娘を殺せ！」

「飛び出して……くるから、悪いのよ。わたくしのせいじゃ……」

アーサーの声が耳に届いた。

その声は、彼自身まで燃やし尽くしそうな怒りに染まっている。

しかし、グレースは子爵令嬢にすぎず、リースベットは亡国とはいえ公女。

それだけではない。すでに取り押さえた十六歳の少女を、殺せと言われて躊躇わない者は人間ではないだろう。

「もういい。私が斬る――」

アーサーが短く言ったそのとき、グレースの手が彼の手を止めた。

「グレース！」

「……彼女は、わたし、だから……。愛しているから……振り向いて、ほしく……て。あなたから……何もかも、奪って……ごめん……なさい」

子爵家の後継者という立場も責任も考えず、父がどんな人間かも知らず、アーサーを手に入れることに夢中だった。

リースベットは戦争で大切なものを失い、きっと、アーサーに救いを見出したのだ。

それが恋になり、自分から追ったグレースと違って、公女である彼女はアーサーから求められる日を待った。

そんな少女らしい恋情を、ランツ公国再興を計画する人々に利用されたのだろう。

「わたしも……結婚、できない、なら……一緒に死にたい、そ……う、思っ……た、から。彼女、許して……お願い。わたしは、許さ……なく、て、いいか……ら」

「とっくに許して……いや、違う。おまえを、憎んだことなんて一度もない。全部、私が愚かだったんだ。許せなかったのは十六の自分で、おまえじゃない！」

アーサーの言葉に胸がスッと軽くなった。

仮に本心ではなかったとしても、今の言葉を信じて目を閉じれば、グレースは幸福なまま、彼に別れを告げられる。

「じゃあ……彼女と、十六のあなたを……許してあ、げて」

「無理だ。おまえに万一のことがあれば、私はリースベットを殺す！」

「……ホリーが、悲しむわ……」

グレースの言葉にアーサーは目を見開いた。

「どうして、ホリーが」

「わたし、あなたのこと、アーサー・ノエルだと……思って……。だから、ホリーは……ホリー・キャロルと、言うの……よ」

ホリーを産んだル・フォール王国ではクリスマス・キャロルのことをノエルという。

アーサーは娘の存在を知らないまま、死んでしまったのかもしれない。

そしてホリーも、父親を知らずに生涯を終えるかもしれない。

ならばせめて、ホリーに父親の姓を与えてやりたかった。

「だから……ホリーを、お願い……あの子を、愛してあげて……」

ホリーが娘だと知り、アーサーはどんな顔をしているだろう。

それを確かめたいのに……瞼《まぶた》が重くて開かない。

焼けるように熱かった背中が、少しずつ冷たくなっていく……。それは初めて経験する、不思議な感覚だった。

「私はホリーを愛している。だから、湖でも助けた。何があっても、ホリーは命を懸けて私が守る！」

アーサーの声が優しく聞こえる。

まるで十年前に戻ったみたいだ。

グレースは勇気を出して、もう一度だけ、愛の言葉をささやいた。

「……アーサー、ずっと……愛して、いたの……これからも、ずっと……」

その返事は彼女の耳には聞こえてこなかった。

☆　☆　☆

『グレース……愛してる』

久しぶりにその声を聞いた。

アーサーと再会する前までは、夜ごと見た夢、耳にした声だ。

それまではたった一度だけの経験だった。だが再会して以降、いったい何度彼に抱かれただろう。

残念なことは、もう二度と『愛してる』の言葉が聞けないことだった。

(仕方ないのよね……十年前に、アーサーの中では終わっていた恋だもの。でも、よかった……最期に、わたしの思いを伝えられたから)

何より安堵したのは、ホリーのことだ。

アーサーは『ホリーを愛してる』と答えてくれた。彼なら間違いなくホリーを幸せにしてくれるだろう。

愛する人が妻を迎える日まで傍にいるのは苦痛で堪らなかった。だがこれで、グレースには一片の心残りもない。

（ホリーは寂しがるかしら？　でも、アーサーが傍にいて支えてくれるはず……）

ふたりの姿を想像して、グレースの胸に一抹の寂しさがよぎる。

心残りがないはずがない。

アーサーは最期のとき、いったいなんと答えてくれたのだろう。叶うなら、彼の言葉を聞いてみたかった。

そう思った瞬間、彼女の耳にいつもの声が聞こえてきた。

『グレース、愛してる。頼むから、目を開けてくれ』

いや、懐かしい声とは少し違う。

たった今、耳元で彼がささやいているかのようだ。

『愛してる……何十回、何百回、繰り返してもいい。戻ってきてくれ、グレース』

今にも泣きだしてしまいそうなアーサーの声に、グレースは瞼を押し開けようとする。

だが、そう思った瞬間、背中がズキンズキンと痛み始め……。その痛みを懸命に耐えつつ、グレースはうっすらと目を開けた。

彼女の記憶に間違いがなければ、そこは〝王の間〟の奥にある寝室だった。

窓の外は真っ暗だ。ということは、今は夜中なのかもしれない。部屋の中を見回すと、オイルランプの炎がゆらゆらと揺れていた。

グレースはベッドに横たわっている。

そして、彼女の右手を両手でしっかりと握りしめ、アーサーは自らの額に押し当てていた。

はっきりとは聞き取れないが、グレースの名前と『愛してる』の言葉を繰り返しているようだ。

グレースはほんの少し右手に力を込め、

「……アーサー……」

掠れる声で彼の名前を呼んだ。

アーサーは弾かれたように顔を上げ、そして、黒い瞳を揺らめかせながら口を開く。

「会いたかった……グレース。もう一度、君に会えてよかった……愛してる」

それは夢の続きのような、アーサーの愛の言葉だった。

☆　☆　☆

「グレース様がご無事で本当によかった。意識がお戻りにならないので、陛下まで倒れてしまわれそうで……」

泣きながらそう言ってくれたのはジェマだった。

グレースが目を覚ましたとき、彼女が斬られてから五日が経っていた。

急いで数名の医師が呼ばれ、意識が戻ったことで命の危機は脱したと全員に言われて、ようやく、アーサーはグレースの傍から離れたという。それまでは昼夜を問わずベッド脇に寄り添い、ほとんど眠らずにいたらしい。

こうしてジェマと顔を合わせたのも、目を覚ましてから丸一日が経っている。

「デイドレスをお召しのときでよかったです。鯨《くじら》のひげと鋼《はがね》で補強されたコルセットのおかげで、内臓の大事な部分まで刃が届かなかったんですから」

グレースがもう大丈夫だとわかると、ジェマは嬉しそうに話し始める。

たしかに、薄い夜着しか身に着けていない深夜なら、生きてはいなかっただろう。

さらにはグレースを斬ったのがリースベットだったのも、不幸中の幸いだった。

彼女は刃物を手にして人を傷つけたことなど一度もない。力の弱い華奢な女性だったので、浅い傷で済んだようだ。

「でも、驚きました……」

ジェマがしみじみと言うので、リースベットの件だろうと思ったが……。

「陛下がすでにグレース様と結婚されていて、ホリー様が陛下のお子様だったなんて！」

「えっ？」

彼女の言葉にグレースもびっくりした。

アーサーのほうを向くが、スッと顔を背けるのでグレースにはさっぱりわからない。

ジェマが言うには、グレースが倒れている間に、アーサーはふたりの結婚を成立させていた。

しかもホリーのことは、どうやったのか、アーサーの嫡子としての証明書まで手に入れていたのだ。

「お元気になって結婚式と戴冠式を終えたら、王妃様だけじゃなくて、王女様まで！　みんな喜んでおります」

「ジェマ、おまえは話し過ぎだ。下がれ」

それはどこか照れくさそうで……今までと違う、アーサーの声だった。

アーサーはジェマを追い出し、ようやくふたりきりになる。

彼はグレースが身体を起こそうとすると、腰の辺りに羽根枕を差し込んでくれた。背中の傷に触れないように、そっと横向きに起こしてくれる。

それがあまりにも優しくて……。

「あ、ありがとう、ございます」

グレースは恥ずかしくて、それだけしか言えない。

「いや、どこか、つらいところは？」

「……平気です」

短く答えると、ふたたび沈黙が流れた。

しばらくして、アーサーは咳払いしたあと、ベッドの上に腰を下ろす。

「リースベットだが、マリガン王国内の女子修道院に入ることになった。エーケンダール宰相に唆《そそのか》されたにせよ、一国の王を殺そうとしたのは事実だ。そして、君を傷つけた。なんの罰もなく、無罪放免にはできない」

彼はグレースが一番気になっていた、リースベットのことを教えてくれた。

カークランド王国内では『処刑せよ』という声も多く、ナタリー女王の厚意でマリガン王国内の女子修道院に預けられることになったという。

「もちろん、わかっています。リースベット様は、なんて？」

「興奮が冷めたあと、君に申し訳ないことをした、と後悔していた――」

父親のユングレーン公爵が戦死したあと、母親の公爵夫人まで、娘を残して自害してしまったのだ。リースベットは悲しむ間もなく、敵国の王城に連れて行かれることになった。

周囲から、新国王となるウィリアムの恐ろしい噂と、そんな男に虜囚《りょしゅう》として辱められるのだと聞かされ、彼女はビクビクしながら王城に到着する。

だが、噂の新国王は口調や態度は冷ややかであっても、彼女を貶めるようなことは一切しない。むしろ、敗戦国の君主の娘として苦しい立場の彼女を、守ってくれたのだと気づき……。

「まさか、リースベットに好かれていたとは——。女心はわからない。君に対する謝罪や後悔も本物かどうか……」

「本物です」

「どうしてわかる？」

「リースベット様は、爆発の大きさや怪我人の有無を気にしておられました。衝動的にあやまちを犯しても、心根は優しい方です」

結果的に亡くなったのは、ランツ公国の三人だけだったという。

爆発物も商売用の荷物に紛れ込ませたため、大量には持ち込めなかったようだ。その爆発で怪我をしたのも数人の衛兵のみ。

今回の件で、一番酷い傷を負ったのはグレースだ。

彼らはリースベットに、ランツ公国再興のため公女の救出に乗り込む、と伝えていた。

その手段として、カークランド唯一の王族であるアーサーを殺害し、王城を混乱に陥れて脱出する、と言っていたらしい。

だが、リースベットは最後まで悩んでいた。決断させたのは、礼拝堂に駆けつけてきたアーサー本人。グレースの名を呼んだ彼を、リースベットは許せなかった。

ところが、三人の目的は最初からアーサーの殺害にあった。

すでにランツ公国再興の可能性はなくなっており、死なばもろともの復讐心に、十六歳のリースベットを巻き込んだ。

グレースがしんみりとした気持ちになったとき、ふいにアーサーが険しい声を出した。

「リースベットに謝るつもりはない。キルナーが逃げ込んだとき、公爵に、引き渡すから待ってくれと言われて、一年も待ったんだ。公爵は降伏勧告にも従わなかった。私は、王として正しい判断をした。ランツ公国を潰したことに、後悔はない」

「はい。わたしも、そう思います」

アーサーの言葉にグレースはうなずく。

「だが……彼女を花嫁候補と呼び続け、期待させたのは私の失態だ。そして——王妃に迎えることは絶対にない、と今のランツ州に告示したのも」

彼がその決定を伝えたのは半月くらい前だと、エーケンダール宰相が言っていた。

「どうして、そんな告示を？」

「決まっている。私は十年前、十五歳の少女に求婚した。あれは生涯ただ一度の求婚で、彼女は私にとってたったひとりの愛する女性だ」

グレースの鼓動がトクンと跳ねる。

自分のことに違いない、と思う反面、勘違いだと突き放されることを恐れた。

「夢の中で……何度も聞きました。わたしのことを『愛してる』って」

そう口にしたとき、アーサーは無言で彼女の手を握った。

温かい掌から、力が注ぎ込まれてくる。ただ、アーサーの静けさが逆に怖く感じられなくもない。

「あの……わたしのこと、許してくださったんですか？」

グレースが恐る恐る尋ねると、彼は包み込むように抱きしめてきた。

「許すも何も……許しを請うのは私のほうだ」

「え？」

「九年前のル・フォール王国行きの理由はホリーを産むためだったんだな。あと、身分の低い男が、まさか、私自身のことだったとは」

それを調べてきてくれたのは、デュークだった。

デュークは『亡き父が弔われた教会に行きたい』と言いながら、実際はオークウッド州に向かったという。

『グレース様の態度を見ていると、どうしても噂どおりには思えなくなりまして……。九年前のことはわかりませんが、新子爵から話を聞いたのは自分ですので』

領主館でグレースの母と会い、デュークはかつての厩番の息子、アーサー・ノエルの正体を話した。

そして彼は、グレースの母から真実を聞かされたのだ。

デュークは戻ってくるなり、『ホリー様』と言い出したという。

「では、サー・デュークのお話を聞いて礼拝堂まで迎えにきてくださったのですね？」

「いや、戻ってきたのが爆発と同時だった。デュークから真実を聞かされたのは、君が斬られたあと、だった」

そう答えたアーサーの声はかすかに震えていた。

声だけじゃない。指先も、腕も、肩も小さく震え――。

「アーサー？」

「死なないでくれ、頼む。私を置いて死なないでくれ。君がいなくなると思ったとき、後悔した。私が犯した最大のあやまちは、十年前じゃない。――再会してからだ」

「再会……してからって」

アーサーはいったん口を閉じたあと、呻くように言葉にした。

「愛してる――そう言って抱きたかった、いや、抱けばよかったんだ。それなのに……どうしてもできなかった。罪の意識が浮かんできて……」

「わかっています。パトリックがサー・デュークのお父様だからでしょう？」

彼女がそう答えると、アーサーは驚いた顔をした。

「知っていたのか？」

「ええ、ご本人から……。ああ、でも、彼を叱らないで。わたしが尋ねたんです。ずっと、ノエルという姓が気になっていて」

理由を告げるとアーサーも納得したようだ。

いっそう悲しげな顔をして、握ったグレースの手を彼自身の額に押し当てた。

「ホリーを産んでくれて、ありがとう。そんなことも知らず、君を責めていたとは……。愚か過ぎて自分が情けない」

「それは、あなたのせいじゃないもの」

「いや、私のせいだ。一生懸けて償う。全力で君とホリーを幸せにする。だからどうか、私を許してくれ。このまま私の妻に……ホリーと一緒に、家族になってほしい」

アーサーはグレースの肩口に顔を埋め、小刻みに震え続ける。

そんな彼が愛しくて、グレースはそっと彼の髪に触れた。

「迎えに、来るのが……遅過ぎるわ」

彼女の愛したアーサーに違いはないとはいえ、今の彼は一国の王。再会以降、どこか遠慮がちだったグレースの口調が、昔のような甘えた声音に変わった。

アーサーもそのことに気づいたようだ。

「――悪い」

謝る声色もこれまでとは少し違い、恋人同士のような甘いものに変わった。

「アーサーのせいで、ずいぶん歳を取っちゃった。嫁き遅れとか、未亡人とか言われてるのよ」

幸せの涙がグレースの頬を伝う。

「嫁き遅れにも、未亡人にも見えない。君は十年前より、綺麗になった」

「本当に？」

グレースが微笑むと、アーサーの手が彼女の濡れた頬を優しく拭う。

「ああ、しわくちゃになっても、君が世界で一番綺麗だ」

「もうっ！　まだ、しわくちゃじゃないんだからっ！」

それは、十年間待ち続けた愛が、彼女の手の中に戻ってきた瞬間だった。

エピローグ

事件から二ヶ月あまり――。

季節はすっかり冬の準備を始めていた。

礼拝堂の事件のあと、ホリーはしばらくの間、グレースの怪我を知らずに過ごした。

アーサー自身が動揺していたせいもあるが、ホリーにショックを与えたくなかったという。グレースの意識が戻ってから『命に別状はない程度の怪我だ』と伝えたらしい。

そしてグレースが身体を起こせるようになり、ふたりは揃ってホリーに真実を話した。

ホリーの反応に最も怯えていたのはアーサーだ。

もしホリーから、九年間も放っておくなんて父親じゃない、グレースと一緒にマリガン王国に帰りたい、などと言われたら……。

そんなことを想像してアーサーはビクビクしていたのだ。

ところが、ホリーの第一声は実に信じられないものだった。

『ああ、よかったぁ。これでお姉様のこと、お母様って呼んでもいいんだわ！』

ホリーは数年前から、実の母がグレースであることを知っていたという。

グレースのほうは驚いたが……オークウッドで広まっている噂の中には、ホリーはグレースの産んだ私生児、という話もあったのだ。

その噂を聞きつけた新子爵の連れ子のふたりが、ホリーを笑い者にしたくて話したらしい。

『おまえは子爵の娘なんかじゃない。グレースの産んだ私生児なんだって。父親は流れ者の厩番の息子で、おまえは親に捨てられたんだ』

ホリーはびっくりして、母であるはずのノーリーンに尋ねた。

するとノーリーンは血相を変えて叱りつけたのである。

『そのことは二度と口にしてはいけません！　おまえが子爵家から追い出されるだけでは済まないのよ。わたくしは社交界に出て行けなくなるし、グレースは……きっと生きてはいられないわ。おまえはグレースが死んでもいいと言うの⁉』

グレースの命にかかわると言われ、ホリーは泣きながら――『二度と言いません』と約束した。

『あとね、アーサーがお父様かもしれないって思ってたの。だって……お姉様、じゃなかった、お母様が十年以上前に、お父様に暴れ馬から助けてもらったって言ってたでしょう？　それに、あたしと同じ、黒い瞳だったから』

グレースも倒れそうなくらい驚いたが、アーサーは唖然として口を開いたままだった。

「ああ、羨ましい！　オークランドでは手に入らない、最高級のウエディングドレスですもの。明日の結婚式が楽しみですね、王妃様！」

王城のあるフリートウッド市は真冬になっても雪が降り積もる地方ではない。だが冬になると雨が増え、風も強くなる。本格的な冬を前にした今が、一番雨の少ない時期だった。

ちょうどグレースの怪我も癒えたため、この時期に結婚式と戴冠式を執り行うことになり、その日取りが明日だった。

「ジェマったら、王妃様は気が早いわ。式は明日なのよ」

「あら、そんなことありませんよ。〝王の間〟の寝室で、司祭様から結婚の祝福はいただいているんですから」

　ジェマの言葉にグレースは苦笑せざるを得ない。

　グレースの意識が戻らない中、アーサーは司祭を寝室に呼んだ。十年前にふたりきりで結婚式を挙げたが、それを正式なものにしたい、と言い張ったらしい。

　アーサー曰く、

『考えたくはなかったが……。君に万一のことがあったとき、十年前の結婚を認められなかったらホリーはどうなる？』

　ホリーを子爵令嬢のまま、アーサーの養女にすることはできる。だが、ふたりの正式な娘として届ける場合、ホリーはアーサーの庶子の扱いになるのだ。

　その場合、ホリーに王女の称号は与えられず、王位継承権もない。

『何があっても、ホリーは命を懸けて私が守る！』

　アーサーは、どんなことをしても、その約束を守りたかったと話してくれた。

「それに、なんといってもナタリー女王からのお祝いですもの！　王妃様とお呼びしたほうがいいに決まってます」

　〝王の間〟の正面にドンと飾られたウエディングドレスの前に立ち、ふたりは話していた。

「そういうものかしら？　でも、女王陛下から賜ったドレスを着て、結婚式を挙げる日がくるなんて夢にも思わなかったわ。それも、アーサーとなんて……幸せ過ぎて、本当にいいのかしら？」

王城内の礼拝堂ではなく、王城の建つ岩山の麓にある大聖堂で結婚式、戴冠式の順で行われる。

アーサーは国王としての正装、真紅の軍服姿、グレースは女王から贈られた白い絹タフタのウエディングドレス、と決まっていた。

戴冠式ではこの上から、ふたりとも白い天鵞絨に金糸で刺繍を施された外套を羽織る。

大司教からアーサーは王冠を、グレースは王妃の冠をかぶせてもらい、祝福を受けるのだ。

何もかもが、ほんの数ヶ月前に比べたら嘘のように思える。

「やだ、もう、王妃様ったら。いいに決まってるじゃないですか！」

ジェマは声を立てて笑う。

すると、扉のほうから人の気配を感じた。

「まったくだ。こんなものじゃない。君のことはもっと、もっと、幸せにするつもりだからな」

アーサーだった。

彼も事件前とは表情が雲泥《うんでい》の差だ。

「ホリーはちゃんとベッドに入りましたか？」

「ああ、明日のことが気になって、なかなか眠れないようだったが……やっと寝てくれたよ」

すでに『ホリー王女』として扱われ、家庭教師と複数の子守女中《ナースメイド》を付けられている。だがアーサーのほうが、一日数時間しか一緒に過ごせないのが不満だと言い、就寝前の短い時間をホリーの部屋で過ごしていた。

彼がホリーを可愛がってくれるのは嬉しいのだが……。

グレースにすれば、ほんのちょっとだけ羨ましさを感じる。

「わたしも、明日のことが気になって……眠れそうにありませんけど」

ウエディングドレスを見ながら、グレースは小さな声で呟く。

すると、アーサーは大股で〝王の間〟を横切り、グレースに近づくなり、ひと息に抱き上げたのだ。

「きゃっ！　ア、アーサー、何を!?」

「じゃあ、君のことも私が寝かしつけてやろう。ああ、ジェマ、もう下がっていい。寝室に灯りがあっても私が消すから、誰も入って来ないように」

アーサーの言葉を聞くなり、ジェマは真っ赤になる。そして「はいっ！」と叫んで〝王の間〟から飛び出した。

寝室の灯りは終夜灯《ナイトライト》のオイルランプに替わっていた。

微妙にその灯りが届かないベッドの上に、グレースは下ろされる。上から羽織ったガウンを脱ぐと、その下には厚手の夜着一枚を身に着けていた。

アーサーはそれに手をかけ、ソッと脱がそうとする。

「あ、待って……傷痕が」

グレースが背中を気にしたとたん、彼の手が傷痕に触れた。

「まだ、痛むか？　医師から、もう大丈夫だと言われたが……もちろん、無理強いはしない」

彼が何を望んでいるか、すぐにわかった。

それは事件の起こる前から合わせて、約三ヶ月ぶりの求愛だ。グレース自身、明日の儀式に合わせて、医師から完治のお墨付きをもらっている。

「いえ、そうではなくて……傷痕が醜いので……」

傷が治り、痛みはなくなっても、傷痕が完全に消えることはない、と医師に言われた。

ベッドまでオイルランプの灯りは届かないとわかっていても、気になって彼の手を押さえてしまう。

すると、アーサーは彼女の身体を強く抱きしめた。

「私が傷つけばよかった。この身を盾にしても、守るつもりだったのに……。肝心なときに君に助けられるなんて」

　喉の奥から押し殺すようなアーサーの声を、グレースは慌てて否定する。

「そんなことありません。あなたはこの国にとって大切な方だから……。無事でよかった」

「その私にとって、君は何より大切なんだ」

　グレースはつい思い浮かんだことを口にしてしまう。

「……ホリーのことも、大切にしてくれるでしょう？」

　おずおずとホリーの名前を口にしたとき、彼はフッと笑ってグレースの頬に口づけた。

「言ったはずだ。ホリーは私が命を懸けて守る、と。この先、何人の子供が生まれても、全員私が守ってみせる！」

「アーサー……」

　彼はグレースを一糸纏わぬ姿にしたあと、自らズボン吊りを外し、リネンのシャツを脱ぎ捨てた。

　隆々とした筋肉を目の当たりにして、久しぶりの行為にグレースは頬を赤らめる。

　ベッドの上にふわりと転がされ、アーサーは彼女の胸に顔を埋めてきた。そのまま白く柔らかな胸を掴み、優しく食むように愛撫する。そして、先端を咥えると音を立てて吸い始めた。

仄かな気持ちよさと、くすぐったさに、グレースはクスクス笑う。

「やだ……赤ちゃんみたい」

「甘えるのは、ダメか？」

「ダメじゃない、ですけど……」

「けど？」

アーサーは女性に甘えたり、甘い言葉を言ったりする人だとは思っていなかった。十年前もどちらかと言えばぶっきらぼうだったし、再会してからもグレースを泣かせるようなことばかり口にしてきた。

女性を乱暴に扱い、冷たい言葉を口にしながら抱くのが彼のスタイルなのだと思っていたのだが……。

（ひょっとして、違うの？）

そのことを口にしていいものかどうか、グレースは悩んでしまう。

「私に、こんなふうに抱かれるのは嫌か、と聞いてるんだが」

本気で心配してそうなアーサーに、グレースはビックリしながら答えた。

「あなたにされて、嫌なことなんてないわ。再会してから……いろいろとあったけど、わたしはずっと嬉しかったの。だから……乱暴にしても、いいのよ？」

それは彼女の精いっぱいの思いだった。

そんなグレースの気遣いに、アーサーは困ったように笑い始める。

「いや、実を言えば、あんなふうに抱くのは好みじゃないんだ。もっと優しく触れて、精いっぱい愛してやりたかった」

「それは……この十年間で、たくさんの経験をしたから？」

愛されているとわかったとたん、グレースの心に嫉妬が生まれる。

その昔、グレースがシェリンガム市に出てきたあと、ハンクス邸を訪ねてきた若い貴族の男性から何度となく誘われた。

だが、グレースがそういった誘惑に心を動かされたことは一度もない。

しかし、十代の後半から二十代の前半、異性を求める衝動は、男性と女性では全く違うのだという。

『たとえ、おおやけになっても結婚はしたくはない。それが家名を汚すことだとわかっていても……。それでも、女性に不埒な真似をしようとする男は少なからずいるのですよ』

伯母のエミーから、親切めいたことを言われても決してふたりきりにはならないように、と教わった。

その証拠に、デュークとふたりきりにしてほしいと言ったときにも、エミーは怪訝そうな顔をした。

中には積極的な女性もいると言うが……。

グレースにはホリーがいたので、ただただアーサーとの思い出の中で過ごすだけだった。

「ごめんなさい。こうして、もう一度愛し合えるようになっただけで幸せなのに……。わたしったら……あ、あっ、やっ……あぁ」

ふいに、アーサーの指先が柔らかな胸の頂を抓み、クリクリとこすり始める。

「こんなふうに、どうやって君を愛そうか……夜ごと、頭の中で思い描いてきた。それでいて、二度と女に騙されるものかと思っていたからな」

グレースの胸の先端が硬く尖り、そこをペロリと舐められ――つい先ほどのくすぐったさとは違う、ピリピリとした快感が全身に走った。

「あっ……ぁふ」

心地よさに声が漏れる。

「他の女は知らない。生涯、知るつもりはない」

ささやくような告白に、グレースは胸が熱くなっていく。

「わたし……も、わたしも、生涯、あなたひとりです。ずっと、ずっと、愛していたから……生きていたら必ず、迎えにきてくれるって……そう、信じて……」

「ああ、グレース――遅くなって、本当にごめん。でも、愛してる。君だけだ」

グレースの『生涯、あなたひとり』という告白を聞くなり、いよいよ我慢できなくなったらしい。

アーサーの指先が彼女の腰から太もも、下腹部まで柔肌を撫で回す。長い指先が割れ目をなぞり、花びらをさすりながら敏感な部分を緩々《ゆるゆる》とまさぐった。優しく触れられ、グレースの躰はたちまち潤い始めた。

「あっ、そこ……そこは、やっ、ダメェ」

大きな悦びへの期待にグレースの下肢はフルフルと震え……直後、トロリとした蜜が溢れ出る。

「ダメ？　でも、気持ちよさそうだ。もっと、気持ちよくしてやりたい」

そんなアーサーの言葉を聞き、グレースは手を伸ばした。

「指じゃ……嫌。アーサー、きて……一緒に、気持ちよく、なりたい……の」

ほんの少しでも離れていたくなかった。

しっかりと抱きしめられ、アーサーとひとつになる幸福の中、もっと深く愛し合いたいと思ったのだ。

「グレース！」

そんな彼女の思いが伝わったのか、アーサーは眉根を寄せ、性急な動作でグレースの脚の間に割り込んできた。

トラウザーズを下ろすと蹴り飛ばすように脱ぎ、グレースに飛びつく。そして、ひと息に昂りを押し込んだのだった。

挿入されただけで快感を得てしまったことが恥ずかしく、彼女は顔を隠すようにして横を向いた。

膣内《なか》に彼の熱を感じたとき、グレースは頤を反らして軽く達してしまう。

「あぁっ！」

「グレース、もう達《い》ったのか？」

「や……アーサーったら、言わない……あっ、あぁっ！」

腰をくいっと動かされ、肉棒で蜜襞をこすり上げられた瞬間、グレースは下肢を戦慄かせていた。

「遠慮しなくていい。私のコレで気持ちよくなりたかったんだろう？」

「そ、それは……そうじゃ……なく、て……あっ、あぅ……くうっ！」

彼と〝一緒に〟気持ちよくなりたかったのであって、快感を独り占めしたいわけではない。

そう思いながらも、ひとつになっているとき、自分から彼に悦びを与える術がわからなくて……ただ、ぶら下がるように彼の首に抱きついていた。

「気持ちいいって言ってくれ。私の腕の中が幸せだ、と。今が、一番幸せだ……と」

アーサーは上《うわ》ずる声で喘ぐように言う。

その声はあまりに大人の男の魅力に溢れている。

「し、あわせ……幸せ過ぎて、嘘、みたいで……わたしの、中にいて。ずっと、こうして……抱き合っていたい。ああ、アーサー好き……大好き」

グレースは堪えきれず、口走っていた。

刹那——彼女の躰は白いリネンに押しつけられ、アーサーは彼女をベッドに縫いつけるような勢いで突き上げたのだ。

「グレース……グレース……」

彼に名前を呼ばれ、うっすらと目を開くと、情熱に煙る黒い瞳が彼女を見下ろしていた。覆いかぶさられるようにして口づけられ、アーサーの手がそっと背中に触れた。グレースの身体を支えるように抱きかかえ、さらに、傷痕を優しく撫でる。

グレースも懸命に彼のキスに応えていた。

いっそう強く抱きしめられ——その瞬間、アーサーの口から呻き声が漏れる。躰の奥に情熱的な奔流を感じ、涙が零れるくらいの悦びに身を委ねた。


「グレース……愛してる」

闇の中、大好きなアーサーの声が鼓膜を震わせた。

夢ではない証に、グレースは逞しくて温かい肌に頬を寄せる。トクントクンと力強く刻む鼓動に、彼女は安堵の息をついた。

「わたしも、愛してるわ、アーサー」

愛を紡《つむ》いだ一夜から、三千夜を越える長く孤独な夜を過ごし――そしてようやく、ふたりの愛は永遠へと繋がった。

あとがき

ソーニャ文庫ファンの皆様、二年ぶりの御堂志生《みどうしき》です。今回、「これは無理だろうなぁ」と思ったプロットが通り、嬉々として書かせて頂きました。私的には大好きな設定なんですが、乙女系ジャンルには少ないかな？　前回もそうだったんですが、ソーニャらしいお話を、と意識するあまり、三六〇度歪ませた結果——元通り（笑）みたいなヒーローばかりになってる気がします。でも今回は、結構ヒロインを苛めちゃいましたね。ヒーローは憎しみのあまり錯乱（？）して、バルコニーからドレスを〇〇するという暴挙に出てます。

イラストは駒城《こましろ》ミチヲ先生に描いて頂きました。真紅の軍服って派手かな？と思ったんですが、表紙を見て、主役二人のあまりに美麗さにPC前で悶絶しそうになりました。駒城先生、本当に本当にどうもありがとうございました！

いつも応援してくださる読者様や色々話を聞いてくれるお友達、そして前回よりちょっと優しく感じた（笑）担当様、関係者の皆様、それと家族にも、どうもありがとう!!

そしてこの本を手に取って下さった〝あなた〟に、心からの感謝を込めて。

またどこかでお目に掛かれますように——。

御堂志生

この本を読んでのご意見・ご感想をお待ちしております。

◆ あて先 ◆

〒101-0051
東京都千代田区神田神保町2-4-7 久月神田ビル
㈱イースト・プレス　ソーニャ文庫編集部
御堂志生先生／駒城ミチヲ先生

十年愛《じゅうねんあい》

2016年10月9日　第1刷発行

著　者　御堂志生《みどうしき》
イラスト　駒城《こましろ》ミチヲ
装　丁　imagejack.inc
D T P　松井和彌
編集・発行人　安本千恵子
発行所　株式会社イースト・プレス
〒101-0051
東京都千代田区神田神保町2-4-7 久月神田ビル
TEL 03-5213-4700　FAX 03-5213-4701
印刷所　中央精版印刷株式会社

ISBN 978-4-7816-9587-7
定価はカバーに表示してあります。

Sonya ソーニャ文庫の本

『軍神《ぐんしん》の涙』 桜井さくや

イラスト 蜂不二子